지금 여기에서 감사하라

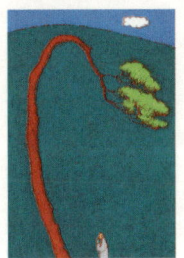

지금 여기에서 감사하라

| 성전 |

개미

지금 여기에서 감사하라

남쪽의 바다는 순합니다. 그것은 마치 처녀 같습니다. 할 말이 많지만 부끄러워 차마 말하지 못하는 처녀를 닮았습니다. 해가 지는 시간이면 이 처녀 같은 남쪽 바다의 말을 듣습니다. 아무도 없는 바닷가를 걸으면 바다는 작은 소리로 아주 조심스럽게 말을 건넵니다. 그 이야기는 때로 웃음 같기도 하고 때로 바람 같기도 하고 때론 누이의 눈물 같기도 합니다. 바닷가를 한 시간 정도를 걸으며 나는 처녀 같은 바다와 이 세상에서 가장 아름다운 데이트를 합니다.

나는 가끔 이런 생각을 합니다.

만일 이 섬마을에 바다가 없었다면 나는 얼마나 외로웠을까. 그때마다 문득 바다가 고맙습니다. 찾아가면 언제나 그렇게 순한 가슴으로 맞아 주는 바다가 있어 내 삶은 촉촉한 감흥으로 언제나 윤기를 지닐 수가 있게 된 것입니다. 이런 삶의 감사가 어찌 바다에만 국한 되겠습니까. 별도 바람도 맑은 하늘도 숲도 내게는 다 그렇게 고마운 것들 입니다.

새벽예불을 나갈 때면 신을 신자마자 나는 하늘의 별들을 향해 두 손을 합장합니다. 저 별들이 너무나 숭고해 보여 차마 별빛 아래를 그냥 지나쳐 갈 수가 없기 때문입니다. 새벽에 만나는 별들은 내게 부처님이고 한 문자도 없는 빛으로만 가득한 경전이기도 합니다.

나는 별빛을 경전처럼 머리에 이고 그렇게 법당을 향해 걸어갑니다. 그 순간 나는 가장 맑은 별빛의 수행자가 됩니다. 과연 누가 있어 저 별빛의 의미를 알고 머리에 이고 걸어갈 수 있을까요. 진정 행복한 사람만이 머리에 별빛을 이고 길을 걸어갈 수 있겠죠. 그 순간 이렇게 빛나는 행복을 내게 준 별이 감사하기만 합니다. 별이 내게 준 행복은 돈으로 살 수는 없습니다. 그래서 돈이 많은 부자도 별이 건넨 행복의 소유자는 될 수가 없습니다. 오직 마음이 맑아 별빛을 가슴으로 안을 수 있는 사람만이 별빛이 건넨 행복을 만날 수 있을 뿐입니다. 나의 새벽은 별을 향해 감사의 기도를 올리는 시간이기도 합니다.

우리 마음을 열 수만 있다면 삶은 온통 감사의 연속임을 알게 됩니다. 내가 살아있음이 이미 우주의 은혜 속에서 가능한 일이기 때문입니다.

나의 은사스님은 이 세상을 떠나실 때 이런 임종의 말씀을 남기셨습니다. '이 세상 저 세상 오고 감을 상관하지는 않습니다. 다만 세상을 살면서 받은 은혜는 태산만큼이나 큰데 그 은혜에 보답한 것은 시내와 같이 작아 다만 그것이 죄스러울 뿐입니다.' 나의 스승은 그래서 누구를 만나셔도 겸손하셨습니다.

그에게는 그 누구나 은인이었고 그 무엇이나 은혜로운 존재였기 때문입니다. 걸음을 걷는 것도 숨을 쉬는 것도 그에게는 은혜로운 일로만 다가섰던 것입니다. 그래서 숨을 거두시는 날까지도 그는 세상의 은혜에 다 답하지 못한 것을 못내 참회하고 떠나야만 했습니다.

인드라의 그물처럼 모두가 연결되어 있는 존재의 세계에서 감사하지 않은 존재가 과연 있을 수 있을까요.

나의 은사는 존재하는 세계의 실상을 체험적으로 깨달으신 분인지도 모릅니다. 그런 은사가 우리들에게 내보이신 가르침은 '감사'라는 두 글자로 정의 될 수 있을 것입니다.

산길을 스치고 지나는 바람 한 점에도 나는 고개 숙이고 합장합니다. 산사에 흐르는 물 한 모금을 마시고도 감사의 마음을 지닙니다. 그리고 절에 오시는 허리 굽어진 할머니의 미소에도 머리 조아립니다.

가장 낮은 자리에서 세상 모든 것을 경배할 수 있을 때 삶은 바로 깨달음이 되고 열반이 되겠지요.

물은 스스로 낮은 곳을 향해 흘러 모든 것을 키웁니다. 그러나 사람은 높은 곳을 향해 올라가려고만 할 뿐 낮은 곳을 향하려 하지 않습니다.

물은 감사의 도리를 알고 사람들은 이 감사로 이루어진 존재의 실상을 외면하며 살아가고 있습니다. 물은 낮은 곳으로 흘러 스스로 평화의 바다와 만나고 사람들은 오르고 오르다 허무를 만날 뿐입니다.

지혜가 있는 사람은 가장 낮은 자리에서 감사하며 살아갑니다. 지금 여기에서 감사하십시오.

삶의 모든 순간 감사할 수 있다면 우린 감사로 가득한 영원을 만날 수가 있고 지금 여기서 감사하지 못한다면 우린 절망으로 가득한 영원을 만날 뿐입니다.

지금 여기에서 감사하십시오. 그 마음에 감동이 흐르고 그 삶에 사랑이 넘치게 됩니다.

아, 매화 한 송이 향기를 물고 내게 옵니다. 난 그 향기를 머리에 이고 땅을 향해 감사의 절을 올립니다.

소엽산방에서
운담 성전

자신에게 따뜻한
말들을 건네십시오

행복하다, 행복하다. 내게 말하면 나는 행복해집니다. 비로 마당을 쓸면 마당이 깨끗해지듯이 행복하라는 나의 말들은 비가 되어 내 마음의 번뇌를 씻어냅니다.

넓어져라, 넓어져라. 내게 말하면 나는 어느새 넓어집니다.

큰 물줄기가 물길을 넓혀가듯 내 마음의 길도 아주아주 넓어지는 것을 봅니다.

그리고 빛나라, 빛나라. 하고 내게 말하면, 아주 밝게 빛나는 나를 볼 수가 있습니다. 별들이 밤 하늘의 어두움을 지우듯 내 마음에 수만 개의 별들이 떠올라 내 마음속 어두움을 지우고 빛나는 것을 봅니다.

자신에게 가장 긍정적이고 가장 따뜻한 말들을 건네십시오. 그러면 희망과 사랑으로 깨어나는 자신을 만날 수가 있습니다.

우리가 어둡다면 우리가 번뇌에 고통스러워 한다면, 그것은 우리가 우리 자신을 방치했다는 의미입니다.

수행은 자신을 어둠 속에 방치하지 않는 것입니다. 수행은 또한 고통 속에 자신을 방치하지 않고 깨우는 것입니다.

자신에게 건네는 이 긍정과 따뜻한 말 한 마디가 수행이 될 수 있습니다.

언제나 자신을 깨우는 한 마디 말을 자기 자신에게 기도처럼 건넬 수 있을 때 우리는 비로소 행복할 수 있습니다.

달의 은은한
마음이 부럽습니다

절 뒷편 야생화 단지에 올라 달빛을 받습니다. 그 은은한 달빛의 손길이 오늘은 무척이나 정교하고 푸짐합니다. 그 어느 것도 달빛의 손길에 미소짓지 않는 것이 없습니다.

모두 달빛의 손길 안에서 평화를 얻었는지 평온한 미소를 짓습니다.

달빛처럼 그렇게 은은한 삶을 살고 싶었습니다.

그 누구도 내 삶의 빛으로 눈감지 않고 그 누구도 내 삶의 각에 찔리지 않는 삶을 살고만 싶었습니다. 다가와 마주서면 위안을 얻고 평화를 느끼는 삶의 자리를 가꾸고만 싶었습니다.

그러나 그렇게 살아오지 못했다는 생각이 들기도 합니다. 때로 누군가를 찌르기도 했고 자신만을 생각하며 타인의 아픔에 눈을 감기도 했습니다. 그런 내 삶이 부드러운 달빛 아래서는 문득 부끄럽습니다. 달의 그 은은한 마음이 부럽기만 합니다.

오늘은 나도 달빛 아래 선 나무들처럼 그렇게 순하게 나를 내려놓고 싶습니다.

그리고 텅 빈 마음에 고운 달빛만을 가득 쌓아두고 싶습니다. 그러면 내 마음에도 달처럼 그렇게 은은한 빛이 번져 나올 것만 같습니다.

달빛처럼 은은한 삶을 위하여 나는 가만히 무릎을 꿇습니다.

고통과 슬픔은 모두
지나가는 것입니다

산다는 것은 생명의 축제에 참여하는 일입니다. 다양한 메뉴가 준비되어 있는 축제의 광장에서 나는 지금 산사를 유랑중인 셈이지요. 머리도 깎고 승복도 입고 말입니다.

이 산사의 메뉴에도 얼마나 다양한 내용들이 있는지. 때로는 고요와 행복에 미소짓기도 하고 때로는 외로움과 고독에 눈물

을 글썽이기도 합니다. 그래서 가끔씩 축제의 다른 마당에 참석하고 있는 사람들을 곁눈질해보기도 합니다.

슬픔에 우는 사람도 있고 실패에 좌절해 있는 사람도 있고 권세에 우쭐대는 사람도 있습니다. 축제의 광장에는 수없이 많은 사람들이 다양한 삶의 표정들을 짓고 있습니다. 가끔씩 그들도 나를 곁눈질할 때면 나는 그들에게 말합니다. 그대는 생명의 축제에서 소풍하고 있을 뿐인데 뭘 그리 고통스러워 하느냐고.

슬픔도 고통도 다 잠시 지나가는 것일 뿐입니다. 잠시 슬픔과 고통에 현혹되어 있을 뿐 진정 슬프거나 고통스러운 것은 아닙니다. 그냥 생명의 축제에 동참하고 있다는 생각만 할 수 있다면, 우린 웃으며 고통과 아픔을 만나고 보낼 수 있을 것만 같습니다.

축제는, 슬픔에도 고통에도 머물지 말라는 의미입니다.

삶의 소극성을 버리고
싶습니다

가난하게 살기. 그리고 거친
옷에 육신을 가려도 조금도 주눅들지 말기. 그 어디에 있어도
두려움 없이 살아가기.

나의 도반스님을 보면 이 말들이 딱 맞다는 생각이 듭니다.

가난해도 당당하고, 남루해도 행복해보이는 그의 삶에는 커다
란 빛 하나 숨어 있는 것만 같습니다.

스님을 보고 있으면 그냥 그 스님을 따라 살고 싶은 마음이 드는 것은, 그의 삶이 온통 빛으로 빛나기 때문입니다.

이렇게 부유하게 살면서도 내일을 걱정하고 이렇게 많은 것을 가지고 있으면서도, 잃을 것을 두려워하는 소인배의 삶은 어리석음입니다.

삶의 소극성을 버리면 광활한 자유를 만나게 되는데 대게의 사람들은 그 소극성을 버리지 못하고 있습니다.

출가는 그렇게 삶의 광활한 자유를 만나는 일이고 출가자는 그 어디에도 걸리지 않는 자유인이 되어 살아가야만 합니다.

이 자유로운 길에서도 자유롭지 못하다면 그것은 너무 억울한 일이기도 합니다.

삶을 좀더 크고 넓게 살아가기를 기원합니다.

해걸음의
산사를 찾아갑시다

사람들이 돌아간 산사는 고요
합니다. 고요 속에 앉아 짙어가는 녹음을 바라봅니다.

숲도 이제 한낮의 대화는 버리고 침묵하려나 봅니다. 나는 아
무런 말없이 저물어 가는 숲과 마주합니다.

숲도 말을 잊고 나도 말을 버리고 오직 침묵으로 마주하고 있
습니다.

침묵이 웅변보다 안온하다는 것을 침묵이 웅변보다 고요한 평화라는 것을 저무는 산사에서는 알 수가 있습니다.

일체의 소리가 사라짐으로 만나는 고요와 일체의 말을 버림으로 찾아오는 침묵은 산사의 본래의 소리이기도 합니다.

산사는 소리 없는 소리를 지니고 있을 뿐입니다. 산사는 소리 없는 그 소리로 사람들의 가슴에 자리한 그 잡다한 번뇌의 소리들을 지웁니다.

산사에 와 마음이 편안해지고 고요해지는 것은 산사가 그 소리없는 소리로 우리들의 분열된 가슴을 씻어주기 때문입니다.

가끔 소리를 떠나 침묵과 고요를 만나볼 일입니다. 그 속에서는 그 모든 것이 너무 선명하게 다가옵니다. 그리고 어떤 것이 아름다운 삶인지 알 수 있게 됩니다.

침묵과 고요를 만나러 우리는 가끔 해걸음의 산사를 찾아가야만 합니다.

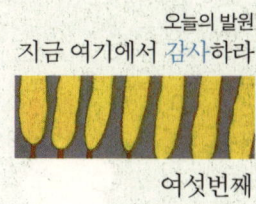

미소는
늙지 않습니다

절 위 암자에 사시는 노스님이
내려오셨습니다. 칠십도 훨씬 넘은 연세. 스님은 이제 말씀이
분명치는 않습니다. 하지만 웃으시는 모습은 아직 수줍은 청년
입니다.

스님을 뵈면서 말씀은 늙어도 미소는 늙지 않는다는 것을 확
인할 수가 있었습니다.

눈도 입가도 손도 발도 다 늙어서 나무 등걸 같이 주름지고 딱딱하게 보이기도 합니다. 하지만 형상 없는 미소만은 늙지를 않습니다.

미소는 우리 깊은 마음자리에서 나온 것이기 때문입니다. 고요하고 평온한 삶의 자리에서 떠오르는 미소. 그래서 미소는 형상의 늙음에 상관없이 언제나 해맑게 피어나는 것입니다. 다 늙어도 늙지 않는 것 하나 가지고 있어야겠지요.

미소, 행복한 미소 하나는 가지고 살다 떠나고 싶습니다.

고목에 핀 꽃이 아름답듯 시든 육체 위에 핀 행복한 미소는 오래도록 아름다움으로 기억될 것입니다.

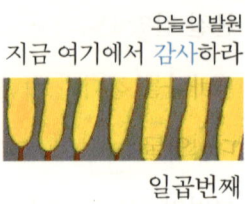
바닷가에서 내 모습이
궁금했습니다

바닷가를 걷다가 어린 소녀를
만났습니다. 얼굴도 본 적 없는 소녀가 인사를 하고 지나갑니다.
나는 그 소녀를 불러 물었습니다.

"너 몇 학년이니?" 소녀는 "중학교 2학년"이라고 대답을 했습
니다.

물빛과 어울러진 소녀의 모습은 바다가 연출하는 또 하나의

물결 같았습니다.

바다를 걷다가 이번에는 자전거를 타고 가는 노인을 만났습니다. 얼굴은 검고 수염은 희고 이마엔 바닷물결을 닮은 주름이 그려져 있었습니다.

이번엔 제가 먼저 노인에게 인사를 건넸습니다.

그러나 노인은 길만 볼 뿐 인사를 건네는 내 모습을 보지 않았습니다. 노인은 바닷가의 갈매기처럼 그렇게 날아가는 것처럼 보였습니다.

모습은 삶의 내용을 그대로 담고 있습니다. 삶의 내용이 얼굴을 만든다는 생각이 듭니다.

소녀도 노인도 모두 바다를 닮아 예쁘기도 하고 외로워도 보였습니다. 그러나 욕심의 흔적은 보이지 않았습니다.

누군가, 내가 다른 옷을 입고 바다를 걸어가도 산사의 스님으로 보아줄까 궁금했습니다.

내게도 그렇게 그윽한 산의 내음이 가득 배어있다면 좋겠습니다.

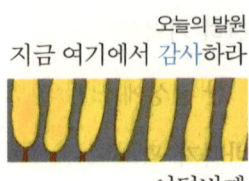
작아져야 넓어지는
소식을 만납니다

산을 올라 본 지가 오래입니다. 날마다 오르던 산을 오르지 못하고 그저 바닷가나 조금씩 걸을 뿐입니다.

가끔 산 정상의 안부가 그립습니다. 산 정상에 올라 소리치면 그저 큰 바람으로 화답하던 산 정상의 모습이 궁금하기도 합니다.

저 산 정상은 날마다 땀 흘리며 오르던 나의 발자국 소리를 여전히 기억하는지 알 수가 없습니다.

산 정상에 오르면 그 바람과 넓은 전망이 참 좋았습니다. 온통 바다가 펼쳐져 있는 그 전망 한가운데 서 있으면 왠지 무한히 넓어지는 자신을 만날 수가 있었습니다. 산 정상을 향해 오르는 이유를 그때 알 수가 있었습니다.

산을 오르는 것은, 자신의 작음을 발견하고 겸손하게 살겠다고 다짐하는 일이라는 것을 산 정상에서 배웠습니다. 그리고 작아야 비로소 넓어진다는 철학도 산 정상에서 깨닫고는 했습니다.

산을 다시 오르게 된다면 나는 산에게 다시 처음부터 배우고 싶습니다.

작아야 비로소 넓어진다는 그 삶의 철학을 이제는 가슴으로 배우고만 싶습니다. 그리하여 세상을 가장 겸손한 자세로 살아가기를 바랍니다.

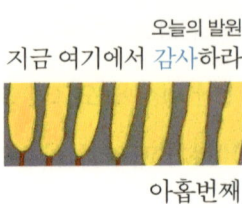
늘 평상심으로
살아야 합니다

삼천배를 매일하는 도반이 다녀갔습니다. 매일 삼천배하는 도반은 걸음걸이도, 말도, 굉장히 빠릅니다. 산길을 걷게 되면 그는 거의 날아가는 정도입니다. 몸무게가 1kg만 늘어도 그 무게가 부담스럽다고 합니다.

나는 삼천배를 한 4~5번 해봤습니다. 하지만 제 도반은 삼천배를 매일 근 1년을 했다고 합니다. 정말 그의 의지와 원력이 대단한 것만 같습니다.

누군들 그 어려운 삼천배를 그렇게 매일 할 수가 있겠습니까. 몸이 가볍다고 할 수 있는 것은 아닙니다.

"삼천배를 하고 무엇이 달라졌나." 물었습니다. 그러자 도반은 "말이 없어도 달라진 것을 알아 차려야지." 하고 말했습니다. 그 말이 끝나고 둘은 크게 웃었습니다.

변화에 집착한 내가 민망했고 어떤 변화도 생각지 않은 도반은 변화없음에 그냥 웃었던 겁니다.

분별하고 취사하는 마음이 없으면 되는 것을 우리는 꼭 분별을 지어 번뇌를 만들어 갑니다.

분별하고 취사가 없는 평상심으로 살면 되는 것을 평상심 아닌 마음으로 날마다 지어가고 있을 뿐입니다.

그냥 살아야 겠습니다. 분별하고 취사하는 마음 없이 그냥 반가운 마음 고마운 마음 하나로 살아야 겠습니다.

바람의 가벼움으로
살고 싶습니다

바람이 붑니다. 여름이 가고 있
다고, 바람은 아침 저녁으로 불어와 가을의 소식을 전합니다.

나는 아무런 걱정없이 바람이 물고 온 가을 편지를 읽습니다.

가을엔 정말 마음을 텅 비우고 살아가겠다고 가을을 향해 짧
은 답장을 씁니다.

아무런 생각없이 아무런 집착없이 내게 다가오는 모든 것들을

향해 자유를 선언하겠다고 마음속으로 다짐해봅니다.

삶은 죽음을 향해 가는 시간인데 그 시간의 의미를 모르고 살아왔음을, 가을을 말하는 바람 속에 서서 겸허히 참회합니다.

사랑보다 미움이 많았던 그 무거운 시간의 업장을 스스로 고백하고 참으로 겸손하게 시간의 길을 걸어가고만 싶습니다.

가을을 말하며 다가오는 산야의 바람은 가볍습니다. 그 가벼움으로 바람은 숲을 지나 산을 넘고 내게로 옵니다.

나를 감싸고 도는 바람은 무겁지 않고, 나의 자유를 침해하지도 않습니다.

바람의 가벼움, 내 안에 있는 모든 것들을 버리고 바람의 그 가벼움으로 가을을 살고만 싶습니다.

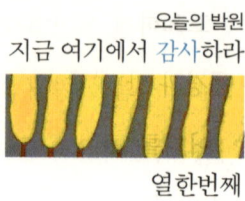
바다 물결은 가장 아름다운
문장입니다

　　　　　　　　　바다를 걸으며 나는 바닷물에
씻기는 마음을 봅니다. 물결이 어깨동무하고 다가와 모래사장
을 들고 날 때마다 내 마음에 번뇌도 씻기어 가는 것을 봅니다.
　바닷가에 자리한 돌들 위에 앉아 나는 저 먼 수평선을 넘나드
는 물결의 유희를 바라 봅니다.
　세상에 이보다 더 평화로울 수 없다는 것을 실감합니다.

고요하게 물이 들고나는 아침 바다에서 나는 가장 아름다운 풍경과 만난 것입니다.

어디를 찾아가지 않아도 길을 떠나 헤매지 않아도 세상에서 가장 아름다운 풍경이 지금 내 앞에 있다는 것을 깨닫습니다.

물결이 드나드는 자리에 서서 바다의 물결 소리를 들으며, 이보다 더 아름다운 문장이 있을까 하고 생각해 보았습니다.

물결은 내 마음에 글을 남기고 나는 그 글을 읽어가며 세상에서 가장 아름다운 풍경을 만나 감동합니다.

바다가 쓰는 글은, 글자가 없는 글입니다. 그 글은 눈이 아니라 가슴으로 읽는 글입니다.

바다의 물결 소리가 써가는 문장 앞에서, 나는 사람들의 글이 얼마나 보잘것 없는 가를 봅니다.

아침 바다에서 나는 감동으로 다시 태어납니다. 가장 겸손한 모습으로 태어나 바다를 향해 합장을 합니다

이 마음과 모습이 언제나 내 모습이기를.

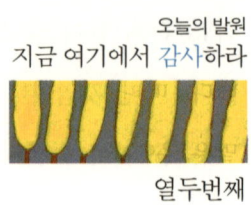
떠나는 자의 몸짓은
가볍습니다

비가 옵니다. 바람이 이제서야 가을을 말하는 듯 합니다. 무던히도 지루하게 이어지는 여름의 흔적들. 너무 늦도록 남아 있는 여름의 흔적이 싫습니다.

모든 것은 다 때가 있습니다. 그 때를 알지 못하면 모든 것이 좋게 보이지가 않습니다.

떠나야 할 때 노력해야 할 때 길을 모색해야 할 때를 알지 못하면 우린 인생의 많은 것과 소중한 사람을 잃게 되는지도 모릅니다. 떠나야 할 때를 알고 떠나는 사람의 모습은 아름답다는 말은 우연이 아닙니다.

때를 안다는 것이 그만큼 우리 인생에서 중요하다는 의미일 겁니다.

이제 나는 수행해야 할 때이고, 세상을 향한 미련을 낙엽처럼 떨구어야 할 때입니다. 그리하여 한없이 자신을 비워야 할 때입니다.

무엇을 채우고 무엇을 집착하기엔 어울리지 않는 나이입니다. 이제 황혼이 내리는 나이에 나는 떠나는 자의 몸짓으로 살아야 합니다.

가볍게 바람처럼 걸음을 옮길 수 있다면 좋겠습니다.

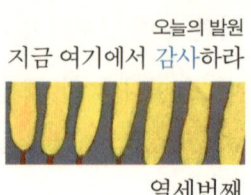

고요한 산길을
닮고 싶습니다

산사로 오르는 길을 걷습니다. 그 길은 고요합니다. 고요함으로 모든 소리가 드러 납니다. 계곡의 물소리, 새소리, 그리고 숲을 울리고 지나는 바람소리가 산사의 길에서는 선명하게 들려옵니다.

고요가 지니는 미덕입니다. 고요는 그 어떠한 소리도 방해하지 않습니다.

자신의 소리는 다 죽이고 다른 소리는 모두 받아들이겠다는 것이 고요의 마음입니다. 산사의 고요한 길 위에서는 바람도 계곡의 물소리도 새소리도, 모두 평온합니다. 아무도 자신의 소리를 방해하지 않기 때문입니다.

자신을 온전히 지워 모든 것을 받아들이는 마음은 생명의 세계를 온통 기쁨으로 물들입니다.

산사로 오르는 길을 걸으며 나 역시 이 길의 고요처럼 그렇게 존재하고 싶다는 생각을 합니다. '나'라는 주장이나 '나' 없이 그저 모든 것을 다 받아들이는 모성의 수용성을 지니고 싶습니다.

나를 비우면 우린 즐겁게 만날 수가 있습니다. 아직 비워지지 않은 나를 내려놓기 위해 오늘도 나는 자비의 기도를 합니다.

가을산에서
배웁니다

산에 단풍이 듭니다. 낙엽을 쓸며 바라보는 산은 온통 노랗고 붉습니다. 가을산은 산을 텅 비우기 전에 이렇게 멋진 모습을 한 번 내보입니다.

그것은 산을 잊지말라는 당부의 몸짓일 수도 있고 떠남이 어떠해야 하는가를 보여주는 산의 가르침일 수도 있습니다.

산에 깃들어 살아온 세월로 치면, 난 아직 젊은 산에 지나지

않습니다.

단풍든 가을산의 세월이 되기에는 아직 많은 시간이 필요합니다. 아직 난 여름산의 푸르름을 지니고 있을 뿐 입니다.

여름산의 푸르름을 지니고 가을산을 바라보면 시간을 사는 법을 배울 수가 있습니다.

의욕이나 성취가 인생의 전부가 아니라 자신을 비우고, 평온함으로 돌아가는 것이 더 중요하다는 가르침 하나를 만나고는 합니다.

의욕과 성취는 좌절의 아픔을 가져오지만, 비움과 고요는 잔잔한 평화를 가져오기 때문입니다. 어쩌면 형상이 있는 것에서 형상이 사라진 세계를 향해 걸어가는 시간이 인생인지도 모릅니다. 그 인생의 의미에 충실한 것이 가을산의 행보입니다.

아무런 욕심없이 스스로 아름답게 물들어 가는 가을산 안에서 여름산의 인생도 적멸의 평화를 배웁니다.

바람결에 낙엽이 어디론가 굴러 갑니다. 나 역시 시간의 바람에 저 멀리 굴러가는 것이 보입니다.

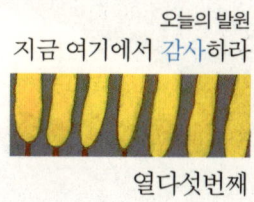
가을 하늘에 이르고
싶습니다

맑은 날 조용히 들길을 걸으며 하늘을 만나고 싶습니다.

하늘에 기대어 다리 품을 쉬고 하늘의 투명함으로 지친 마음을 닦고, 하늘의 소리를 들으며 가을을 다시 만나고 싶습니다.

지상에 가을꽃들이 흔들리는 이유를 하늘의 눈으로 바라보고, 새들이 날아가는 소리를 하늘의 귀로 듣고 싶습니다.

그러면 이해하지 못했던 모든 것들이 실타래처럼 풀리고 나와 너를 구분했던 마음들이 물결처럼 쓸려가고 파아란 하늘의 맑은 고요만 남을 것 같습니다.

같은 자리 같은 높이에서는 보지 못하고 알지 못했던 그 모든 것들을 하늘의 높이에선 모두 알 것만 같은 희망이 드는 것은 가을 하늘이 너무 높고 맑기 때문입니다.

가을 아침 들길 한가운데 서서 내 마음의 우울과 욕망과 이루지 못한 꿈들의 노래를 훨훨 털어냅니다.

그리고 맑은 가을 하늘 한 움큼 손에 쥐고 가슴을 비벼며 기도합니다.

가을 하늘빛처럼 맑으라고 가을 하늘처럼 높으라고 주문을 외면서 말입니다.

떨어져 있어도
함께 할 수 있습니다

밤 바다에 갔습니다. 은모래를
밟으며 마음에까지 들어왔다 나가는 파도소리를 들었습니다.

파도소리가 마음에 들고 날 때마다 내 마음의 앙금들이 씻겨
나가는 것을 느꼈습니다.

파도는 내 마음을 씻고 내 마음은 파도를 따라 어두운 바다를
향해 걸음을 옮겼습니다.

내 마음이 스산할 때마다 파도소리처럼 다가오는 사람이 있습니다. 그와 함께 있으면 삶의 고뇌가 사라지고 삶의 행간을 읽게 되고는 했습니다.

그는 가난하지만 넉넉했고 그는 고됐지만 웃었고 그는 가장 수행자적이었지만 틀에 갇혀있지 않았습니다.

아무것도 가지지 않고 살지만 그는 행복한 사람이었습니다.

그는 내게 일깨워 주었습니다. 내가 얼마나 많은 것을 가진 사람인가를. 그리고 내가 지금 얼마나 편한 삶을 사는지 일깨워주는 그런 사람이었습니다. 파도소리를 들으며 나는 그의 음성과 웃음을 봅니다.

그는 멀리 있지만 밤 바다를 달려와 파도소리가 되어 내게 다가옵니다. 누군가와 항상 함께 할 수 있다는 것, 그것은 현존이 아니어도 가능하다는 것을 그를 통해 봅니다. 멀리 떨어져 있어도 항상 함께 하는 것 이것이 진정한 그리움이라고 나는 밤 바다에서 배웁니다.

쏴아아, 파도는 왔다가며 다시 내 가슴에 그리움의 노래를 남깁니다.

놓아야
가벼워 집니다

　　　　　살다보면 놓아야 할 것이 있고
지켜야 할 것이 있습니다. 놓아야 할 것을 놓지 못하고 지켜야
할 것을 지키지 못할 때 삶은 괴로운 것이 됩니다.

　놓아야 할 때를 알고 지켜야 할 것들을 지켜나갈 때 삶은 순리
에 따르는 것이 됩니다.

　그러나 대게의 사람들은 욕심 때문에 혹은 미련 때문에 놓아

야 할 것과 지켜야 할 것을 알지도 못한 채 살아가고 있습니다.

그래서 서로 싸우고 다투며 홀로 괴로워하며 살아가는 것이 우리들 삶의 모습이기도 합니다.

나무는 가을이 되면 스스로 잎을 떨구고 겨울나기를 합니다.

나무는 겨울을 나기위해 버려야 할 것을 너무도 분명히 알고 있습니다.

가을입니다.

이 가을 우린 좀 더 가볍게 건너야 합니다.

그래야 가을을 만끽할 수가 있습니다. 놓아야 할 것을 놓고 지켜야 할 것을 지키는 삶이 우리를 가볍고 자유롭게 할 것입니다.

나무처럼 나도 두 팔을 벌리고 서서 내게 있는 것들을 떨구고자 합니다.

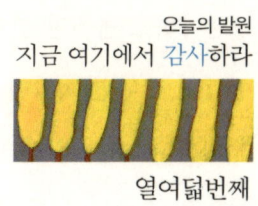
아름다움에는
결연함이 있습니다

산이 온통 단풍의 향연입니다.

그냥 누가 그린 것도 아닌데 산은 절로 자신을 그려 갑니다.

가끔 바람이 지나다 붓질 한 번 하고 하늘의 별이 지나다 물감

한 방울 떨구었나 봅니다.

붉게 물든 산빛을 보는 것이 요즘 나의 즐거움입니다. 하루하

루 고움 속으로 걸어가는 산의 걸음이 참 예쁘기도 합니다.

단아하고 곱지만 산의 행보 속에는 결연함이 있습니다. 이 어여쁨이 끝나면 적막이 이어질 것이라는 것을 산은 알고 있기 때문입니다. 그래서 가을산의 어여쁨은 가볍지가 않습니다. 그 아름다움 속에는 모든 것을 다 던질 수도 있다는 결연한 각오와 그 각오마저도 잊은 담담함이 엿보입니다. 가을산의 아름다움 앞에 서서 찬탄만 할 수 없는 이유이기도 합니다.

어쩌면 진정한 아름다움은 모든 것을 다 버릴 수도 있다는 그런 결연함이 바탕이 되어 있는 것인지도 모릅니다.

애착이 끊어진 가을산은 그래서 더욱 아름답게 다가옵니다.

가을산에 들어 나도 애착을 버립니다. 애착을 하나씩 버릴 때마다 가을산처럼 그렇게 아름답기를 발원합니다

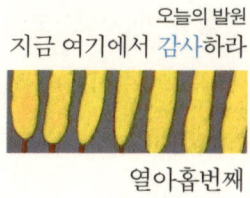
탐욕과 허영을
버리십시오

가을 산길을 걸으며 한 마디 음성을 듣습니다. 그 음성은 바람결 같고 또한 마른 풀잎 같습니다.

일체의 수식이나 치장이 없는 그 음성은 건조한 듯 또는 아닌 듯 그렇게 미묘한 음성으로 다가옵니다.

버려라 그리고 무상한 것을 움켜쥐지 말라고 말하는 가을산의

음성을 마음으로 고이 받아 나를 비추어 봅니다.

일체의 수식이나 허위가 없기에 내 영혼에 내리는 말. 그 말을 따라가면 나도 자유로울 것만 같습니다.

무상을 무상으로 바라보고, 일체의 허영을 버릴 수 있다면 삶은 스스로 경건한 자신의 모습을 되찾을 수 있을 것만 같습니다.

삶을 부여 잡고 옥죄이는 많은 탐욕과 허영에 대해서 이 가을에 결별의 선언을 해야만 합니다. 그래서 바람처럼 풀잎처럼, 그렇게 가볍게 길을 걸어가야 합니다.

너무 많은 짐을 실은 수레가 앞으로 나아갈 수 없듯이, 너무 많은 탐욕과 허영은 인생이라는 수레를 망가뜨리고야 말 것입니다.

탐욕을 버리고 바람처럼 지나치며 모든 것을 만날 일입니다. 그래서 마음에 어떠한 집착도 남기지 않는 생을 살아야 합니다.

가을은 그런 삶을 생각하라고 오는 것입니다. 나는 가을이면 가장 가난한 순례자가 되어 길을 서성입니다.

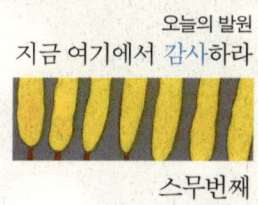
밝은 마음의 힘을
만나러 갑니다

강원도 어디메쯤에 도반이 살고 있습니다. 그는 절도 아닌 허름한 집에서 살고 있습니다.

가끔씩 그를 찾아가는 길은 언제나 내겐 기쁨이었습니다. 먹을 것도 없고 잠자리도 불편하지만 왠지 그와 함께 있으면 삶이 무척 신비롭게 다가오는 것을 느낄 수가 있습니다.

반딧불의 유영을 보기도 하고 꽃들이 어둠 속에서 향기로 자

기를 말하는 순간들을 볼 수도 있습니다.

막연했던 것이 그와 함께 있으면 구체적으로 다가왔습니다.

건널 수 없을 것 같았던 막연한 자연도 그에게서라면 길을 발견할 수가 있습니다.

가을날 마주앉아 차를 내리며 함께 들었던 바람의 소리와 풀벌레 웃음소리들.

그 모든 것들이 따뜻한 온기를 지니고 있다는 것을 그는 일깨워 주었습니다.

어두운 밤과 같은 나의 혼돈에 불을 켜는 사람이 바로 그였습니다.

이제 밝은 달빛 아래서 나는 그를 생각합니다. 마치 밝은 달빛이 그인 것만 같아 반갑습니다.

그 밝은 마음의 힘을 그는 어디에서 얻어왔는지 오늘은 그것이 무척 궁금하기만 합니다.

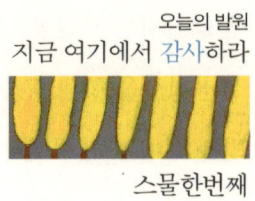
가을은 자연을 만나는
시간입니다

산 위로 떠오를 달을 기다리며 절 마루에 앉아 있습니다. 저 산 위로 이미 달빛은 넘치고 있는데, 달은 아직 산 아래 있습니다.

마실나갔다 어두워져야 돌아올 아버지를 기다리는 마음으로 달을 기다립니다.

달빛이 조금씩 조금씩 가까워져 올 때마다 달이 산 위로 조금

씩 등산하는 모습을 그려봅니다.

산 정상을 향해 공중부양을 하듯 떠오르는 달. 그토록 많은 달빛을 지니고 있으면서도 달은 조금도 무겁지 않게 산 위를 오르고 있습니다.

나는 다시 어두워진 고샅을 돌아오는 아버지의 발자국 소리를 기다리듯 달을 기다립니다.

소슬한 바람 불고 달빛이 바람에 흩어져 눈가루처럼 내리는 가을 밤 나는 달을 기다리는 맘 하나로도 행복합니다.

자연 앞에서 자연이 되길 꿈 꾸는 것만으로도 행복합니다.

가을은 자연이 자신을 가장 선명하게 표현하는 계절입니다.

가을에 자연을 만나지 못한다면 우리 어느 시절에 다시 자연을 만날 수가 있겠습니까.

가을, 자연을 만나는 시간에 나는 언젠가 달빛이 되어, 내 앉은 산사의 툇마루에 다시 내리기를 기원합니다.

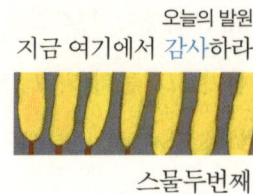

그리움의 노래를
부르고 싶습니다

상사화가 여기저기 피었습니다. 잎이 나면 꽃이 없고 꽃이 피면 잎이 없어 잎과 꽃은 늘 그리워 할 뿐 만나지를 못합니다.

만나지 못한 그리움이 붉은색으로 피어올라 대기를 태웁니다. 짙은 그리움 앞에 대기도 가슴 태우며 눈시울을 적십니다.

상사화 피어난 둔덕길을 걸으며 얼마를 살아야 세상 모든 것

의 그리움이 사라질까. 하는 생각을 해봅니다. 만나지 못한 회한이 그리움이 되고 그리움이 다시 회한이 되는 이 그리움의 윤회를 상사화는 언제쯤 끊을 수 있을까. 하지만 상사화에게 타는 그리움이 없다면 그 무엇을 일러 상사화라고 할 수 있겠습니까. 그 그리움으로 상사화는 붉게 타올라 비로소 상사화가 될 수 있는 것을.

상사화를 보며 내 생애의 모든 시간들을 불러 모아 내 가슴의 그리운 소식들을 전합니다.

이 가을엔 그저 상사화가 되어 그리움의 노래를 부르고 싶기 때문입니다.

그리고 그 그리움으로 다시 부처님을 부르며 내 마음의 고향을 향해 발길을 옮기고 싶습니다.

나무아미타불.

그 이름을 부르는 내 가슴이 상사화보다 더 붉기를 기도합니다.

나고 죽고 늙음도
모두 하나입니다

절 뒷밭에 배추들이 파랗게 자라고 있습니다. 성장이 기쁨이고, 누군가의 먹을거리가 된다는 사실이 저렇게 파란 웃음으로 피어나는 것처럼 보입니다. 난 즐겁게 너희의 먹을거리가 될거야, 하고 이야기라도 하듯 말입니다.

인디언들은 식물을 뽑아 먹을 때 식물을 향해 이렇게 말한다고 합니다.

지금은 내가 너희를 뽑아 먹지만 언젠가 내가 너희들이 자랄 토양이 되어줄께, 라고 말이죠.

그러고 보면 식물과 우리 동물과 인간은 모두 하나의 생명이라는 것을 알 수가 있습니다. 흙 없이 식물이 자랄 수 없고, 이런 식물 없이 우리는 살아갈 수 없으니 우린 모두 큰 의미에서 하나의 생명이 되는 셈입니다.

그러니 죽는다고 슬퍼할 것도 없는 일입니다. 큰 생명의 자리에서는 언제나 그 모든 것이 축복이고 기쁨일 뿐입니다.

죽음 없이 삶이 있을 수 없고 삶 없이 죽음이 있을 수 없으므로 그 둘은 다르지 않기 때문입니다.

절 뒷밭 배추들의 성장을 보면서 늙음도 죽음도, 성장도, 모두 다르지 않다는 것을 깨닫습니다. 이제 늙으면 어쩌나 하는 불안한 마음을 내려놓습니다.

법당의 목탁소리가 선명하게 들려와 가만히 두 손을 모으고 하늘을 우러릅니다.

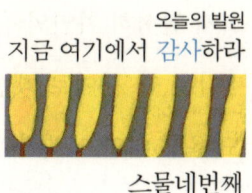
가끔 햇살이 되고
싶습니다

자전거를 타고 숲길을 천천히
갑니다. 울창한 수림을 뚫고 아침 햇살들이 들어옵니다.

자전거를 멈추고 그 햇살을 만나 아침 인사를 나눕니다.

새소리와 계곡의 물소리가 배경으로 깔립니다. 가만히 눈을
감고 자연의 음악을 듣습니다.

한참을 들어도 음악은 지워지지 않습니다. 눈을 감고 귀로만

그저 열심히 자연의 음악을 듣습니다.

감은 눈 사이로 햇살이 음표처럼 스며들어옵니다. 눈을 감아도 온통 하얀 세계가 펼쳐집니다.

형상이 없는 것들은 눈을 감아도 그 본래의 모습을 잃지 않고 다가섭니다.

나는 어느새 햇살이 되어 맑은 계곡을 따라 흘러 가는 것만 같습니다. 계곡을 흐르고 흐르면 내가 이르는 곳은 어디일까.

노을이 아름다운 남태평양의 어느 바다일까. 나는 물이 되어 햇살이 되어 마구 떠다닙니다.

흐르고 흘러도 그냥 유쾌한 가벼움만이 느껴집니다.

탁, 자전거가 손을 벗어나 넘어지는 소리에 눈을 뜹니다.

내가 문득 낯섭니다.

물길을 따라 흘러가던 햇살이 나인지 나를 낯설어 하는 내가 나인지 알 수가 없습니다.

나는 이렇게 가끔 나를 잊습니다.

오늘 맑은 하늘 아래서 나는 '나'를 잊고 싶습니다. 그래서 어디 먼 곳의 햇살로 내리고만 싶습니다.

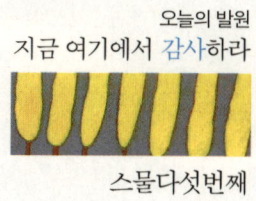
무아의 은은한 색으로
살아야 겠습니다

가을 하늘 아래 나무들이 서 있습니다. 차츰차츰 자신의 몸을 가을빛으로 물들이며 나무들은 서 있습니다. 때론 붉게, 때론 노랗게, 나무는 가을의 색을 온몸으로 받아들이고 있습니다.

나무는 나무라는 생각도 없이 그렇게 가을을 영접하고 있습니다. 나무가 나무가 아닌 자리에 가을이 내려와 앉습니다. 나무

가 아닌 나무에 내려앉은 가을 역시 가을이 아닙니다.

　나무가 나무가 아니듯 가을 역시 가을이 아닙니다. 그 자리에서 물드는 저 빛은 그래서 아름답습니다.

　우리가 가을이라 말하는 색은 존재가 존재를 잊는 자리에서 빚어내는 융합의 빛입니다. 그 빛을 보며 우리가 무상을 느끼는 것은 너무나 당연한 일이기도 합니다.

　가을 하늘 아래 서서 나도 나무처럼 두 팔을 벌려 가을을 맞습니다. 눈을 감고 일체의 생각도 없이 가을을 맞습니다.

　가을이 내게 내려와 가을과 나는 하나의 색을 빚습니다. 가을도 아니고 나도 아닌 그 빛이 내 영혼을 아름답게 물들입니다.

　가을을 이 무아의 은은한 색으로 살아야 겠습니다.

　여름날의 그 짙은 색의 파열음을 버리고, 융합의 그 은은한 색으로 살아가고 싶습니다.

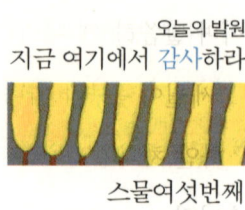
세월을 빗겨서
살아갑니다

하늘하늘 꽃처럼 노스님이 산
길을 오릅니다. 많은 연세 가볍게 어깨에 걸치시고 하늘대는 꽃
처럼 암자로 올라 가십니다.

저 연세라면 지치고 힘들어 거동을 못하련만 노스님은 세월의
무게도 잊으신 채 가볍게 가볍게 산길을 올라 암자에 가십니다.

그 걸음 가벼워 어찌 그럴 수 있느냐고 물어보면 노스님 웃으시며 말씀하십니다.

"세월이 올 때마다 세월 밖으로 빗겨서 있었지."

하얀 치아 드러내며, 환하게 웃는 그 모습은 마치 백련을 닮았습니다.

"어떻게 세월 밖으로 빗겨설 수 있어요."라고 물으면 노스님은 다시 이렇게 말씀하십니다.

"마음을 텅 비었기에 그럴 수 있었지." 하시며 다시 지그시 웃습니다.

노스님에게는 이제 웃음만 남아 있는 것 같습니다. 슬픔이나 고뇌의 흔적은 그 어디에도 없습니다. 마치 구름 한 점 없는 푸른 하늘같습니다.

하긴 허공이 무거운 것은 구름이 있기 때문입니다. 구름 없는 하늘은 새털보다도 가볍습니다.

노스님 인생은 구름 없는 하늘입니다. 그 가벼움 속으로 나는 기도하며 들어가고 있습니다.

스물일곱번째

모든 것은
지나갑니다

계곡에 물대신 낙엽이 물길을 이룹니다. 여름날 계곡을 맑게 흐르던 물은 사라지고 그 자리에 낙엽이 물길처럼 쌓여 있습니다.

이제 저 낙엽 위에 흰 눈이 녹아 다시 물이 되어 흐르는 날이 올겁니다.

모든 것은 지나가는 것이기에 어떤 것이든 다 견딜만 합니다.

만일 지나가지 않고 계속해서 하나의 상황이 지속된다면 그것은 견디기 어려운 것이 될지도 모릅니다.

그러나 모든 것은 지나가기에 견딜만 하고 또 새로운 날들이 오기에 희망을 가질 수 있습니다.

저 계곡은 한 번도 절망해 보지 않았을 겁니다. 그것은 모든 것이 지나간다고 알고 있기 때문입니다.

물이 흐르면 물을 담고, 낙엽이 내리면 낙엽을 담고 눈이 내리면 눈을 담는 무심의 깊이가 궁금합니다.

움직이지 않는 마음의 고요가 한없이 평화로워 보이는 것은 그 마음의 고요를 닮고 싶기 때문일 겁니다.

너무 쉽게 흔들리고, 너무 쉽게 좌절하는 마음의 얕음을 오늘은 계곡에 서서 탓해 봅니다.

계곡처럼 나도 그렇게 일체를 비운 마음으로 내 생애 시간들을 만나고 싶습니다.

경험이
스승입니다

       메주를 만들기 위해 콩을 삶았습니다. 가마솥을 건 아궁이에 장작을 지피고 콩이 익기를 기다립니다.

    절에 갓온 공양주보살은 바쁜 마음에 걸음까지도 분주합니다.

    그러나 절에 수십 년을 산 노보살은 마음도 걸음도 모두 차분합니다.

메주 만드는 일을 총괄하면서 이 일 저 일 다해도 차분한데, 갓 온 공양주보살은 불때고 불엎치는 일 하나 모든 것이 힘에 버겁습니다. 메주 만드는 일을 지켜보며 일에는 역시 경험이 있어야 한다는 것을 새삼 느꼈습니다.

젊고 힘이 있다고 해서 모든 것이 만사형통이 아니라는 것을 깨달은 것입니다. 경험이 있다면 힘이 없어도, 늙었어도 더 효과적으로 일을 처리해갈 수 있다는 것을 봅니다.

콩물이 넘치자 젊은 공양주보살은 노보살을 찾아와 묻습니다. 노보살은 신이 나서 말해 줍니다.

솥뚜껑에 찬물을 붓고, 물수건을 적셔 올려놓으라고.

젊은 공양주보살은 노보살 말을 듣고, 신나게 아궁이로 달려가 착실하게 행합니다.

아궁이에 불은 타고 하늘은 맑고 노보살님의 얼굴이 오랜만에 부처님처럼 환합니다.

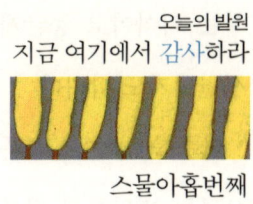

단주 찬 손은
아름답습니다

단주를 차고 있는 팔은 단정하고 고요해 보입니다. 작은 단주 하나 손목에 걸고 있으면 그 인격의 고매함까지도 느껴집니다.

세상에 아무런 생각 없이 손목에 단주를 차는 사람은 없습니다. 생각을 다듬고 맑고 맑은 생각이 된 후에야 단주를 찹니다.

단주를 찬다는 것은 작지만 거룩한 의식입니다. 마음이 맑아

지는 의식이고 둥글게 살겠다는 다짐이고 번뇌를 다 끊겠다는 서원이기도 합니다.

단주를 찬 손으로 폭력을 행사할 수는 없습니다. 단주를 찬 손으로는 병약한 사람을 일으켜 세우고 허기진 사람들에게 곡식을 나누고 위대한 자비를 향해 두 손을 모으는 아름다운 기도만 할 수 있을 뿐입니다.

단주를 차는 순간 우리는 거친 손의 행진을 멈출 수가 있습니다. 그리고 아름다운 손들이 만들어 가는 평화로운 세상을 만날 수가 있습니다.

작지만 예쁘고 단아한 단주 하나를 손목에 찹니다. 그리고 아름다운 손들이 만들어 가는 평화로운 세상을 기원합니다.

단주에 새겨진 발원이 우리를 돌아보게 합니다.

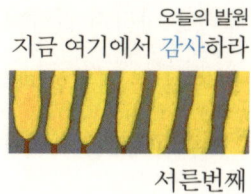

오늘의 발원
지금 여기에서 감사하라

서른번째

산사는 매력적인
풍경입니다

투명한 햇살을 보며 가을의 냄
새를 맡습니다. 가을의 흔적 앞에서 나는 영문도 모르는 떨림을
만납니다. 어디로 가자는 것인지 가슴이 마구 나를 흔듭니다.

세상의 여기저기를 떠돌며 기웃거려 보았습니다. 세상의 풍경
들은 모두 어느 정도의 매력을 지니고 있었습니다.

그러나 매력은 곧 일상이 되고 이후 그 풍경들이 지니고 있는

매력은 사라져 갔습니다. 세상의 어떤 풍경도 잠깐 동안의 매력을 지닐 뿐 영원한 매력을 건네지는 못했습니다.

길을 걷다 다시 하나의 풍경을 만났습니다. 그것은 고즈넉한 산사와 걸망을 메고 눈밭 속에서 버스를 기다리는 수행자의 모습이었습니다. 나는 그만 그 풍경 속으로 뛰어들고야 말았습니다.

그 풍경은 오랜 세월이 지난 지금도 여전히 매력적입니다. 풍경은 그냥 외면의 풍경일 뿐만 아니라 내면의 풍경이기도 했습니다. 그 풍경은 명상의 처음이었고, 또한 명상의 마지막 모습이기도 했습니다.

산사는 열반의 풍경이었습니다.

세상의 많은 풍경을 만났지만 그 중 산사만이 영원한 매력을 지닌 열반의 풍경이었습니다.

그 속에서 내가 살아가고 있습니다. 나 또한 풍경이 되라고 풍경이 웁니다.

참된 마음의 고향을
찾아가야 합니다

고향에 간다는 말을 들었습니다. 언제 가느냐는 질문에 금요일 날 간다며 젊은 회사원은 미소를 짓습니다. 가만히 그의 나이를 헤아려 보니 삼십대 중반쯤이나 되어보였습니다.

고향에 간다고 말하며 미소짓는 그를 보며 그에게 고향의 의미는 무엇일까. 생각해 보았습니다.

그의 고향도 내 고향도 다른 것이 없습니다.

어머니 아버지가 계시고 유년의 친구들이 있는 곳, 그곳이 그에게도 나에게도 역시 고향일 겁니다.

그러나 그와 나의 고향에는 차이가 있습니다. 그에게는 부모님도 살아계실테고, 유년의 친구들도 고향에 더러 있을테지만 내게는 그 무엇도 고향에 남아 있지 않다는 겁니다.

그는 찾아가면 언제나 고향을 만날 수가 있겠지만 난 이제 찾아가도 만나야 할 고향이 없습니다.

나는 고향이라는 말에 이제는 부재한 고향을 떠올렸습니다.

그러나 고향을 잃은 대신 이제 진정 참된 고향을 찾아가고 있는 중입니다.

마음의 고향을 찾아가는 그 길에 곧 달이 밝을 겁니다. 그러면 그 달빛 아래 앉아 나는 나의 발걸음을 살펴볼 겁니다. 마음의 고향을 잘 찾아가고 있는지 말입니다.

나는 이제 실향민이 아니라 귀향민입니다. 마음의 고향을 찾아가며 오늘도 나무아미타불을 염합니다.

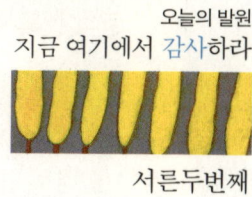
추억은
시간의 선물입니다

오늘은 어린시절 생각이 납니다. 어머니는 음식 장만을 하시고 그런 어머니의 심부름을 하며 신작로를 뛰어 다니던 일들이 생각납니다.

심부름도 즐겁던 그 시간은 바로 추석 전 날이었습니다. 왜 그리 심부름까지도 즐겁던지요.

누구에게나 이런 기억이 있을 겁니다. 이런 기억이 있어 우리

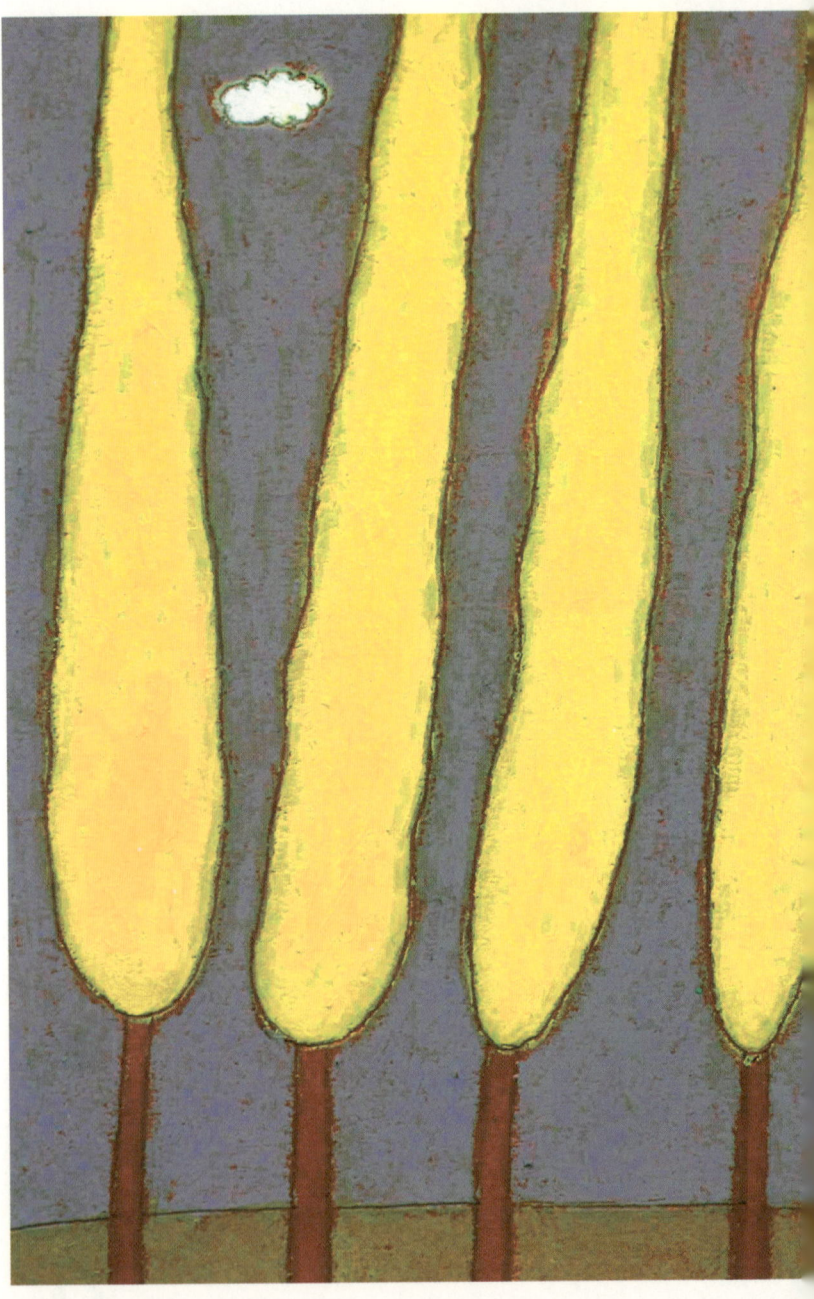

는 지난 시간과 따뜻하게 만나게 됩니다.

우리는 이것을 추억이라 부르고, 또 시간의 선물이라고도 합니다.

추석에 관한 기억은, 내가 받은 많은 시간의 선물 가운데서도 단연 돋보이는 선물입니다.

갓 나온 대추를 깨물어 먹는 일, 새 옷을 입고 흐뭇해하던 일, 또 새 신을 신고 신작로를 뛰어다니던 일, 추석은 내게 새로움이었고 또한 들뜸이었습니다.

정다운 얼굴들이 모두 내 주변에 있었고, 차례를 올리던 아버지 어머니의 엄숙한 모습도 마냥 좋았습니다.

내 생애 다시는 그릴 수 없는 삶의 풍경들이기도 했습니다.

이제 나는 산사에서 추석을 맞습니다. 달빛이 너무 밝아 지난날을 그리기에 다시없이 좋습니다.

산길을 걸으며 나는 이제는 곁에 없는 그리운 얼굴들을 향해 안부를 전합니다. 살아있으므로 대답 없는 안부를 전하는 일 역시 아름답습니다.

달빛이 밝아 그 달빛만으로도 모든 추억을 모두 만날 수 있는 오늘, 나는 지난 시간들을 향해 두 손을 모읍니다.

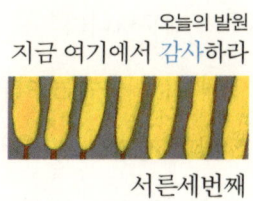
아름다운 기억을 향해
시를 씁니다

추석 송편을 먹습니다. 솔내음
이 내 기억을 일깨웁니다. 출가하던 날, 그날은 추석 전날이었
습니다. 은사스님이 대중과 더불어 송편을 빚고 계셨습니다.

넙죽 절을 하던 내게 송편을 드신 채 가만히 미소지어 보이시
던 그 모습이 아직도 추석이면 생각이 납니다.

기억은 그래서 좋습니다. 아름다운 장면을 오래도록 재생해

주기 때문입니다.

 내 기억 속에는 아름다운 장면만이 수록되어 있습니다. 좋지
않았던 장면들은 있어도 스스로 보지 않습니다. 그러므로 그것
은 있어도 없는 것이기도 합니다.

 이 별에서 살면서 나는 내 생의 전부를 온통 아름다움으로 채
우고만 싶습니다. 그래서 이 별의 여정이 아름다운 소풍길이었
다고 말하고 싶습니다.

 추석은 특히 아름다운 기억의 날이고, 또 하나의 기억을 쌓아
가는 날입니다. 그래서 이날 아침은 유난히 경건합니다.

 추석날 아침이면 나는 모든 아름다운 기억들을 향해서 가만히
호명합니다. 그러면 내 삶이 얼마나 아름다운 것인가를 알게 됩
니다.

 송편 하나를 머금고 난 아름다운 기억을 향한 한 편의 시를 씁
니다.

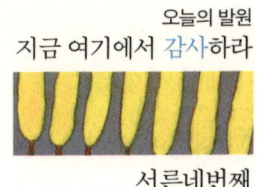
삶은
아름다움입니다

　　　　　　별이 아름다운 곳에 살아 삶이
아름답습니다. 맑은 날이면 별밭을 일구어 그 마음에 번뇌 또한
없습니다.

　세상사 날마다 혼탁하게 다가와도, 별밭에 나가 두 팔을 벌리
고 바람을 맞으며 그 소식들을 날려 보냅니다.

　풀잎처럼 일어나고, 별처럼 웃으며 두 손을 모아 기도할 수 있

기에, 그 삶은 늘 평온을 되찾고는 합니다.

세상사 잊을 수는 없지만 세상을 위해 기도할 수 있기에 세상과 더불어 살아가는 삶이기도 합니다.

삶의 자리가 이만하면 어떻냐는 물음에 별빛이 깜박입니다. 이래도 살고 저래도 사는 세상이라지만 그래도 삶은 아름다워야만 합니다.

깨달음의 자리에 서면 그 모든 것이 축복 아님이 없다고 합니다.

눈을 뜨고 밥을 먹는 것도 축복이고 그대와 다투고 성내는 것 역시 축복이랍니다. 본 마음의 자리에서는 모든 분별이 사라지고 시비가 끊어지기 때문입니다.

삶이 아름다워야 하는 이유가 여기에 있습니다.

산사에서 삶의 아름다운 소식들을 만납니다.

오늘 그대, 내게 화를 내도 나는 웃을 겁니다. 삶이 이미 아름다운 것임을 알고 있기 때문입니다.

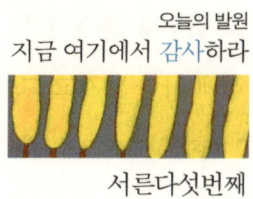
모란 아가씨는
눈물입니다

'모란은 벌써 지고 없는데 / 먼 산에 뻐꾸기 울면 / 상냥한 얼굴 모란 아가씨 꿈 속에 찾아오네. 세상은 바람 불고 고달파라. / 나 어느 변방에 / 떠돌다 떠돌다 어느 나무 그늘에 고요히 고요히 / 잠든다 해도 또 한 번 모란이 필 때까지 나를 잊지 말아요.'

이 음악을 듣고 울었습니다. 라는 간단한 문구의 이메일을 받

고 클릭을 했습니다. 노래가 흘러 나왔습니다. 나는 그 노랫소리에 나를 맡기고 그윽히 음미했습니다.

이메일을 보낸 시인의 눈물을 알 것도 같았습니다. '세상은 바람 불고 고달파라. 나 어느 변방에 떠돌다 떠돌다 어느 나무 그늘에 고요히 고요히 잠든다 해도' 라는 가사를 되새기며 나도 눈물을 흘렸습니다. 문득 그 노랫속에서 나는 삶의 변방을 떠도는 나그네였습니다.

세상은 나그네의 눈물을 흘린 뒤 바라볼 때 비로소 아름다울 수 있다는 것도 알게 되었습니다.

나그네의 정서를 너무 잊고 살았습니다. 걸망을 맨 나그네, 출가사문의 길을 말입니다.

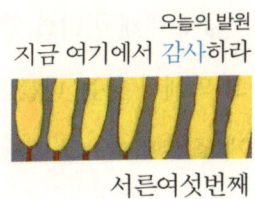
다짐하며
살아야 합니다

인연이 아니면 생각하지 않고 살기. 때가 아니면 나서지 않기. 말이 아니면 말하지 않기. 그리고 길이 아니면 가지 않기.

살아가면서 나는 이런 것들을 생각해 봅니다.

내 삶의 길을 정정해 주고 내 삶의 범주를 정리해주는 말씀들을 떠올리며 나는 나를 정돈합니다.

삶에 대해 이러한 몇 개의 생각들은 내 삶에 울타리가 됩니다. 그 안에서 나는 나를 정화하고 다가오는 대상에 대해서도 새롭게 조망할 여유를 갖게 됩니다.

그냥 방치하게 되면 내 삶은, 들판의 말처럼 마구 날뛸지도 모릅니다.

나는 나를 잡아줄 내 스스로의 다짐들이 필요합니다.

오래 살아왔지만 나는 아직 나를 제어하지 못합니다. 탐욕과, 성냄과, 어리석음의 급류에서 벗어나지 못하고 있습니다. 급류에 휩싸이는 자신이 때론 안타까워 보입니다.

행복을 찾아가는 길에서 자꾸만 멀어지는 것 같아 가슴이 아픕니다. 그때마다 나는 다짐합니다. 그 다짐들이 언덕이 되어 다가옵니다.

급류에서 벗어나 그 언덕에 서게 되면 저만치 행복이 보이는 것만 같습니다. 행복하기 위해서 나는 내게 오늘도 다짐합니다.

삶은
살 만한 것입니다

길을 걷다 이르는 곳이 깊은 산의 고즈넉한 산사였으면 좋겠습니다.

넋을 놓고 하늘을 보며 걷다가 만나는 것이 하늘의 별이었으면 좋겠습니다.

무거운 마음을 안고 걷다가 마침내 만나는 것이 어머니의 미소였으면 좋겠습니다.

삶이 무거워 절망에 몸을 담고 있을 때 길을 나서는 스님의 뒷모습을 바라볼 수 있다면 좋겠습니다.

삶은 언제나 희망의 이정표를 준비하고 있습니다. 이정표가 있어 힘들어도 삶의 길을 묵묵히 걸어갈 수 있습니다.

삶이 힘들어도 우린 이 걸음을 포기하지 말아야 합니다.

어둠 속에 있다면 빛을 찾아 떠나야 하고 절망 속에 있다면 희망을 찾아 떠나야 하고, 분노 속에 있다면 평화를 찾아 떠나야만 합니다.

길을 걷는 것은 곧 의미를 찾는 것이고 삶의 아름다움을 찾아가는 순례이기도 합니다.

오늘 나는 길을 걷습니다. 희망과 평화를 찾아 걸음을 옮기며 삶은 살 만한 것이라고 속삭입니다.

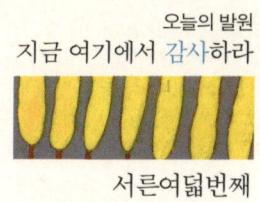
별을 바라보며
걷고 싶습니다

어린시절 스님의 걸망 속에는 무엇이 들어 있을지, 나는 그것이 궁금했습니다.

그러나 스님의 걸망을 보자거나, 무엇이 들어있는지 묻지는 않았습니다. 스님은 내게 그렇게 어려운 존재였습니다.

스님들이 훌쩍훌쩍 떠날 때면, 어디로 가시나 궁금했지만 쉽게 물을 수가 없었습니다.

집도 없는 스님들에게 어디로 가느냐고 묻는다면 실례가 될 것 같았기 때문입니다.

지금은 내가 중이 되어 걸망을 메고 다닙니다. 그 걸망 속에 무엇이 들어있는지, 나는 정말 오랜 세월이 지나서야 답을 찾게 된 겁니다.

그리고 내가 중이 되고 나서야, 그때 스님들에게 어디로 가시느냐고 묻지 않기를 참 잘했다고 생각을 하게 됐습니다.

스님들은 어디로 간다고 정해 놓고 가는 길이 별로 없다는 것을 알게 되었기 때문입니다.

그냥 바람처럼 정한 곳 없이 떠다니는 것이 만행이라는 것을 알게 되었습니다.

가난한 걸망이라, 걸망은 새털처럼 가볍고 가는 곳이 목적지라, 걸음 역시 안달하지 않습니다.

목탁소리 따라 걸망을 메고 걸어서 온 자리 가난해도 아름다운 이 자리에 오늘도 별이 뜹니다.

별이 돋는 밤길을 걸어 또 어디론가 멀리 떠나고 싶은 마음입니다.

바다의
소리를 듣습니다

바닷가를 걷습니다. 저 먼 수평선이 바람에 흔들립니다. 한 번도 만난 적 없는 수평선을 바람은 저 혼자 만나 이 편 세상의 소식을 부리나 봅니다. 수평선은 오늘도 바람이 가져온 소식을 가슴에 담아 두나 봅니다.

나는 물결에 씻기고 닦이며 자리해 있는 돌 하나를 주워 귀에 대어봅니다. 그 돌 속에는 오래전 돌과 만났던 바다 물결의 소리가 들리고 또 지금 돌과 만나는 바다 물결의 소리가 자리하고 있습니다.

다층의 물결 소리. 그 물결 소리 하나하나를 새겨들으며, 나는 마치 내가 바다가 된 것만 같은 기분이 듭니다. 그윽하고 아련해 더는 구하는 것이 없는 마음의 소리를 듣습니다.

작은 돌 하나에도 수많은 시간의 바다들이 겹겹히 들어앉아 있는 것입니다.

작은 돌 하나에도 기꺼이 들어가 자리하는 바다. 넓다는 것은 한없이 순하다는 것을 들려 줍니다. 순한 바닷가의 돌들은 바다를 닮아 둥급니다.

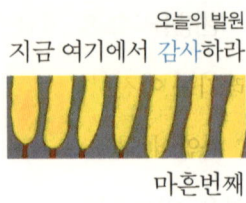
자연에 깃들어
삽니다

무청을 말립니다. 장독대 위와
종루 주위에 무청을 잘라 쭉 널었습니다.

무청이 시레기가 되기까지 많은 바람과 햇살이 지나고 또 지
나야만 합니다.

무청이 앙상하게 말라 자기의 수분을 다 실어 보냈을 때 비로
소 시레기는 완성이 됩니다

된장을 넣고 끓이면 참 맛이 있습니다. 된장을 넣고 무쳐도 시레기는 여전히 맛이 있습니다.

자연이 기르고 자연이 만든 것입니다. 우리 어려서는 이런 자연을 그대로 먹으며 자랐습니다.

자연을 먹고 자란 사람의 심성 역시 그대로 자연을 닮아 있었습니다. 그래서 그때는 숲처럼 어울리기를 즐겨했고 나무와 나무 사이의 간격처럼 이해하고 용서하기를 즐겼습니다.

이제 다시 숱한 세월이 지나고, 절집에서 다시 그런 시간들을 삽니다. 숲처럼 별처럼 자연의 아들이 되어 자연을 먹으며 삽니다. 다시 순박해 지고 고와지는 나를 봅니다.

숲처럼 모여 살아 삶이 따뜻하고 나무의 간격처럼 서 있어 삶이 고결하기도 합니다.

무청을 말리며 자연에 깃들어 사는 한 생애가 이토록 고맙다는 것을 새삼 느꼈습니다.

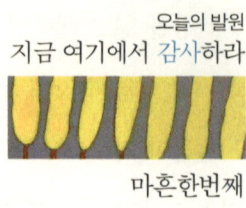
큰 사랑을 하고
싶습니다

사랑은 기쁨입니다. 사랑하면 마음에 기쁨이 넘칩니다. 외롭다는 것은 마음속에 사랑이 없다는 것입니다. 사랑이 있어도 외롭다는 것은 그 사랑이 작고 개인적인 사랑이기 때문입니다.

큰 사랑은 가슴에 외로움의 여지를 두지 않습니다.

큰 사랑은 그 안에 너무 많은 존재들을 품고 있기에 멈추어 쉴

수가 없습니다.

큰 사랑은 그래서 사랑을 재생산하며, 사랑의 강이 되어 흘러가기에 언제나 새로운 사랑일 수밖에는 없습니다.

사랑은 사랑으로 깨이고 사랑은 사랑으로 이어집니다. 사랑을 하려거든 큰 사랑을 하십시오.

그 마음에 끝없는 연민을 담아 이 우주를 다 품고도 남는 큰 사랑을 하십시오.

부처님의 사랑과 성현들의 세상을 향한 마음은, 바로 이 큰 사랑이었습니다.

출가 수행자의 마음 역시 세상을 향한 큰 사랑이어야만 합니다. 그러나 아직도 작은 사랑에 머물러 있습니다.

진정한 출가는 큰 사랑을 향한 여정에서 시작됩니다.

성찰하는 마음
잃지 말아야 겠습니다

　　　　　　　　　밤은 별과 함께 옵니다. 칠흑
같은 밤 하늘이 아름다운 것은 별이 있기 때문입니다.

　사람이 아름다운 것도 역시 그 마음에 보석 같은 마음을 지니
고 있기 때문입니다. 반성하고 성찰해서 자기 자신에게로 돌아
가려는 마음이 있어 사람은 아름답습니다.

　절망 속에서도 희망을 잃지 않고, 먹고 살기 위해 애쓰다가도,

존재의 자리를 찾아가려는 마음이 있어 사람은 아름답습니다.

그 마음은 마치 어둔 하늘을 불 밝힌 하늘의 별과도 같습니다.

별이 하늘호수에 핀 꽃이 듯 성찰하는 그 마음 역시 마음호수에 핀 연꽃과도 같습니다.

세상을 따라 살아도 그 걸음이 세속에 물들지 않고 욕망, 유혹에 끄달려도 소박한 존재의 자리로 돌아가려는 마음이 있어, 세상에 아름다운 꽃 한 송이를 피웁니다.

밤 하늘에 별이 있어 아름답듯이 우리에겐 성찰의 마음이 있어 아름답게 존재할 수 있습니다.

자신을 성찰하는 그 마음을 잃지 않기를 발원합니다.

나이가 들어도
기억해야 할 것이 있습니다

내 나이 들어 노스님이 되었을 때도, 지금처럼 이렇게 세상 모든 것들과 따뜻하게 만날 수 있다면 좋겠습니다.

내 나이 들어 어느 외딴 산골에 살아도 부처님 향한 사랑의 크기 하나만으로도 외롭지 않은 사람이었으면 좋겠습니다.

내 나이 들어 허리가 굽어도, 꽃들과 새들과 그리운 이들의 이

름을 잊지 않고 살 수 있다면 좋겠습니다.

내 나이 들어 내 기억 속의 모든 이름이 모두 사라져 간다고 할지라도, 부처님의 명호 하나는 꼭 간직하고 싶습니다.

나이가 든다는 것은 내가 세상을 잊어가는 과정이기도 하고, 또 세상이 나를 잊는 과정이기도 합니다.

나이가 든다는 것은 이렇게 온전히 혼자가 되어 삶 그 너머를 만나는 시간입니다.

함께 했던 모든 것들을 잎처럼 떨구고 나목이 되어 서서 혼자 영원을 바라보는 일입니다. 그 고독하고 멋진 날들을 위하여, 오늘도 나는 마음의 불을 켜고 기도합니다.

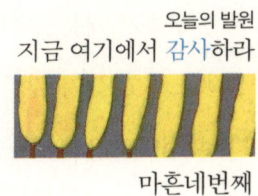

자비는
가장 큰 지혜입니다

길을 걷다가 어둠을 만나면 당황하게 됩니다. 어둠 속으로 길이 사라지기 때문입니다.

항해를 하다가 파도를 만나면 위험을 느끼게 됩니다. 거센 물결에 바다의 물길이 사라져버리기 때문입니다.

길은 이렇게 언제나 사라질 수 있습니다. 그러나 길을 찾고자 하는 사람에게 길은 언제나 다시 나타납니다. 길은 언제나 마음

과 동행하기 때문입니다.

길을 잃고 싶지 않다면 언제나 마음에 불을 켜고 있어야 합니다. 마음에 자비의 불을 밝히고 있으면 길은 언제나 그 마음을 따라서 나게 되어 있습니다. 세상에 자비보다 더 큰 마음이 없고, 자비보다 더 아름다운 마음이 없습니다.

우리가 길을 잃고 헤매는 것도, 따지고 보면 그 마음에 자비심이 없기 때문입니다. 자비심만 있다면 우린 그 어디에서도 다시 일어나 길을 걸어갈 수가 있습니다. 자비는 가장 큰 용기이고, 지혜이기 때문입니다.

오늘 자비의 불을 밝히고 내 마음에 새로운 길을 찾습니다.

아름다운 욕심은
원력입니다

사람은 누구나 욕심이 있습니다. 그래서 열심히 살아가는지도 모르겠습니다.

그러나 욕심이 내 안에서만 회향된다면 그것은 정말 탐욕이 되고 맙니다.

나의 욕심이 나뿐만이 아니라 전체에게 회향될 때 욕심은 원력이 됩니다.

원력은 그러고 보면 아름다운 욕심입니다. 욕심에 아름다움이라는 수식어를 붙일 수 있을 때 욕심은 전체를 향한 원대한 헌신이 될 수가 있습니다.

부처님은 이 세상에서 가장 아름다운 욕심쟁이였는지도 모르겠습니다. 모든 생명을 고통에서 벗어나 안락하게 하고자 했으니 말입니다.

부처님의 원력이 있어 길은 열리고, 사람들은 오늘도 그 길을 걸으며 행복을 찾고 있습니다.

시간이 지나도 사라지지 않는 그 길 위에 여전히 부처님도 존재해 계시고, 수많은 사람들은 그 길에서 부처님을 만납니다.

생각해 보면 그 어느 것도 버릴 것은 없습니다. 다만 그것을 어떻게 쓰느냐가 문제입니다.

이제라도 내게 있는 모든 것을 아름답게 쓰겠습니다.

아름답게 쓰는 순간 내 삶도 원력의 큰 동심원을 그릴 수 있을 겁니다.

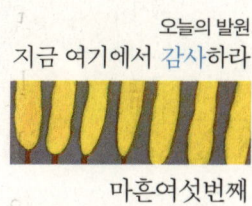
세상사 모두
마음 안에 있습니다

　　　　　고요히 앉아 마음을 다잡습니다. 인적이 떠난 산사는 고요합니다. 가끔 창 너머 별이 반짝이고, 가끔 산에서 내려온 바람이 도량을 노닐다 갑니다.

　향연이 맑은 내음을 남기며 코끝에서 사라지고 마음을 바쁘게 쫓아다니던 잡념들도 모두 사라져 버렸습니다.

　마음에 어떠한 상념도 없는 그 순간 나는 알 수 없는 평화를

만납니다. 생각이 사라지면 고요가 남고 그 고요가 평화라는 등식을 알게 됩니다.

세상사 모두 마음 안에 일입니다. 그 어떤 것도 우리가 느끼기 전까지는 무의미한 것입니다.

우리는 얼마든지 고통으로부터 자유로울 수가 있습니다. 다만 스스로 고통에 얽매여 있을 뿐입니다.

한 생각을 바꾸면 그 자리에서 행복과 평화를 만날 수가 있습니다.

하루 한때 마음에서 상념들을 지우는 일을 해야 합니다.

상념은 그냥 잊을 때 잊혀집니다. 가만히 앉아 화두에 몰입하는 순간, 삶은 또 다른 행복의 시간대를 우리에게 남깁니다.

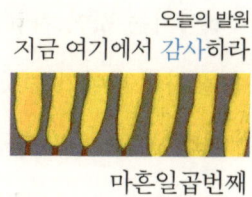
여행이
필요합니다

　　　　　살다보면 그냥 어디론가 떠나고
싶을 때가 있습니다. 무작정 길을 떠나면 마음에 얽혀있는 것들
이 모두 사라져갈 것 같은 기분이 들기 때문입니다.

그 순간 나는 나를 생각해 봅니다.

무엇에 그리 얽혀 있는지, 왜 삶이 이렇게 적체의 한가운데 있
는 것인지.

살아가는 것이 자유를 향해 나아가는 것이 아니라 자꾸만 구속을 향해 나아가는 것이라는 생각이 듭니다.

여행이 필요한 순간들입니다.

여행은 넓은 세상을 단순하게 만나는 것이 아닙니다. 여행은 넓은 세상 속에서 좁은 자아를 만나는 것이고 그 작은 자아를 버리는 일입니다. 그래서 여행을 하다 보면, 더 외로워지고 더 가슴이 아프기도 합니다.

그러나 그것은 더 넓은 자신을 만나기 위한 과정의 진행일 뿐입니다.

삶이 무료하고 답답하면 혼자 그냥 길을 떠나볼 일입니다. 그리하여 한번 자신을 발견해 보고 보다 넓어지는 자신을 만날 일입니다.

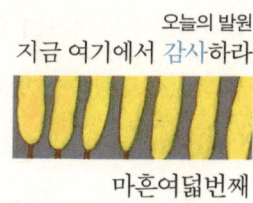

집착을 버리고
살 일입니다

　　　　　　산중의 어른스님이 열반하셨
습니다. 살아온 세상의 번뇌를 조용히 끄신 겁니다.

　삶이란 때론 즐겁고 행복한 것이기도 하지만 그 어떤 것도 항
상하지 않기에 결국 슬픔일 수밖에 없습니다.

　무상한 이 세상을 슬프지 않게 사는 것은 집착을 놓는 것입니
다. 집착을 놓으면 우린 무상을 무상함으로 받아들일 수 있게

됩니다. 그 자리에는 슬픔도 더 이상 없습니다. 열반은 바로 그 자리에 이르렀음을 말합니다.

열반은 살아서도 만나고, 몸을 버리고서도 만납니다.

산중의 어른스님들이 한 분씩 떠날 때마다 죽음이 삶 속에 있다는 것을 실감합니다.

우리들의 인생이란 기실 내일이 먼저 올지 내생이 먼저 올지 아무도 모릅니다. 이 극명한 사실을 앞에 두고도 우린 죽지 않을 것처럼 삽니다. 죽지 않을 것처럼 사는 그 모습들은 차라리 슬프기까지 합니다.

삶은 죽음의 다른 모습이고 죽음 또한 삶의 다른 모습입니다.

살되 삶에 집착하지 말라는 법음 하나를 나는 오늘 아침에 또 듣습니다.

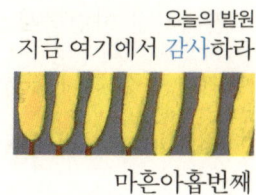
내 마음의
풍경을 만나십시오

연기 피어나는 마을을 지나며
옆에 학생에게 묻습니다. 저렇게 저녁연기 피어오르는 풍경을
본적이 있냐고. 학생은 없다고 말합니다. 그 풍경을 본 소감을
또 물었습니다. 그러자 학생은 아련한 느낌이 든다고 했습니다.
본적은 없지만 학생의 정서 속에는 이미 우리 어머니들이 살던
삶의 풍경이 새겨진 것입니다.

연기처럼 아련하게 가물가물 새겨진 풍경. 학생과 나는 오늘 아련한 풍경 하나를 공유한 것입니다.

많은 나이 차이에도 불구하고 우린 똑같은 풍경 하나를 마음에 새기게 된 풍경의 공감자 입니다.

내 마음에도 있는 풍경이 학생의 마음에 있고, 또 그 후배들에게도 있었으면 좋겠다는 생각을 했습니다.

똑같은 풍경이 세대를 넘어 마음에 자리하고 그 풍경을 사랑할 수 있다면 우리는 다른 시간을 살아도 같은 시간을 공유하는 사람들이 되는 것입니다. 그때 우리 비로소 따뜻한 가슴과 시선으로 서로를 바라볼 수 있을 겁니다. 너무 서로 낯설지 않게 살아가는 것이 필요합니다. 단절은 고립을 강화할 뿐입니다.

이 아름다운 저녁 풍경의 연속이 우리를 하나이게 하기를 바랍니다.

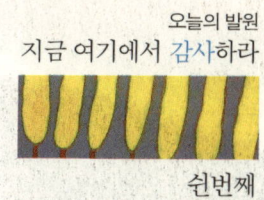
형상 너머에
진리가 있습니다

노을이 지는 길을 따라 절로
돌아갑니다. 차를 달릴수록 바다의 빛깔과 해의 모습은 달라집
니다. 그 넓은 바다를 한 줌 작은 해가 아름답게 물들입니다.

노을을 보면서 해의 크기가 어디 바다에 못 미친다고 말할 수
있겠습니까. 크고 작은 것은 다만 우리의 눈으로 가늠하는 형상
의 크기일 뿐입니다.

사실 작은 것이 큰 것이고 큰 것이 또한 작은 것이 되는 것이 생명의 본래 모습입니다. 형상은 일시적인 것이고 인연이 다하면 그 본래의 모습으로 돌아갑니다.

현존이 사라지면 무한이 남는 생명의 세계에서, 작고 크다는 것은 그저 한낱 인연에 지나지 않을 뿐입니다.

작아도 크게 사는 길은 이렇게 사는 것입니다. 본래 생명의 자리에 서서 일체의 분별심을 버리고 바라보는 것입니다.

나도 없고 너도 없고 그 무엇도 없는, 무한의 생명의 바다에서 어찌 잃음이 있고 또한 얻음이 있겠습니까.

이런 생명의 자리를 잃지 않고 살 때 삶은 언제나 고요한 행복으로 충만하겠지요.

절로 돌아가는 길. 아름다운 노을 앞에서 나는 또 하나의 가르침을 받습니다.

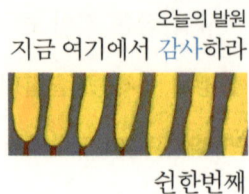
사랑하다
죽고 싶습니다

　　　　　　　사랑하라. 사랑하다 죽어버려
라. 어느 시인의 시구를 떠올려 봅니다. 사랑하다 죽고 또 사랑
하다 죽을 수 있다면 그 삶은 얼마나 행복한 것일까요.

　이 세상엔 사랑하다 죽은 것들이 있습니다. 꽃들이 그렇고 별
이 그렇고 바람이 그렇습니다.

　꽃들은 태양을 사랑하다 시들고 별들은 빛을 그리다 사라지고

바람은 그리움을 사랑하다 흩어져 갑니다. 꽃이 시든 자리에는 햇살이 꽃처럼 무리지어 피어나고 별이 진 자리에는 밝은 새벽이 찾아오고 바람이 진 자리에는 고요만이 남습니다.

사랑하다 죽은 것들의 그 후는 이렇게 눈물이 없습니다. 한 생애를 온 마음을 다 바쳐 사랑했기 때문입니다. 그러나 우리는 떠난 자리에 서서 눈물을 흘립니다. 그것은 어쩌면 죽도록 사랑하지 않았다는 반증이기도 합니다.

눈물마저 흘리지 않을 정도로 죽도록 사랑하기. 오늘 나는 이 말을 읊조려봅니다.

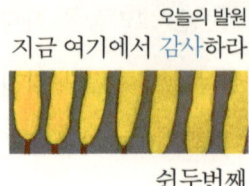
자연에 묻혀 산다는 것
큰 기쁨입니다

밤길을 걷습니다. 물결 소리가 달빛을 몰고 와 가슴에 부려놓고 떠납니다.

물결이 한 번 밀려올 때마다 달빛들이 내 가슴속에서 넘실댑니다. 이렇게 달빛 밝은 밤에 바닷가를 거닐다 보면 내 가슴은 달빛 물이 드는 것만 같습니다.

너무 밝아진 가슴에 어두운 길도 다 보일 것만 같기도 합니다.

자연에 산다는 것. 자연 속에 살아 나를 잊는다는 것. 그래서 나를 잊고 달빛 물이 든다는 것은 기쁨입니다.

자연은 나를 잊게 합니다.

나는 때로 꽃이 되고 별이 되고 달이 되고 또 달빛 가득한 물결이 됩니다.

내가 나로 고정되어 있지 않고 이렇게 변화할 수 있다는 사실이 내게는 놀라운 기쁨이 됩니다.

달빛 아래서, 물결 속에서, 나는 자연이라는 사실을 깨닫습니다. 인간의 오만이 버려지는 순간입니다.

자연에 사랑 없이 어찌 우리 사랑을 논하겠습니까. 달빛 가득한 물결이 내 가슴에서 춤춥니다.

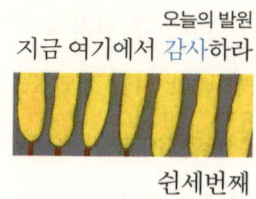
해 지는 거리에서
사랑 노래를 듣습니다

해가 지는 시간이면 모든 것이 그리움으로 채색됩니다.

할아버지 할머니의 모습 그리고 젊은 사람들의 모습까지도, 해가 지는 시간이면 쓸쓸해 보입니다.

그것은 어쩌면 지는 해가 우리 역시 그렇게 모두 사라져갈 존재라고 말하고 있기 때문인지도 모르겠습니다.

아침이면 피었다 저녁이면 지는 꽃처럼, 해가 지는 시간이면 백 년을 사는 우리도 사라져 가는 모습의 쓸쓸함을 생각하게 됩니다. 그 쓸쓸함으로 나는 삶의 오만을 버리고 겸손한 자리로 돌아 갑니다.

삶이 쓸쓸함으로 만나게 되는 이 슬픔이 내게 모든 것을 더욱 더 아름답게 보이게 합니다.

해지는 거리에서 나는 슬픈 사랑의 노래를 듣습니다. 세상 모든 것을 사랑하지 않으면 안 될 어떤 운명적인 것을 해지는 거리에서 만납니다.

사랑 없는 세상에서 사랑은 어쩌면 쓸쓸한 일인지도 모릅니다. 그 쓸쓸한 일을 부처님은 쉬지 않고 하다가 가셨습니다.

해지는 거리를 부처님이 사랑했던 사람들이 저만큼 가고 있습니다.

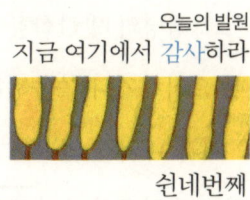
세상의 진정한
관객이 되겠습니다

젊다는 것은 용기이고, 도전이고, 저항입니다. 그래서 젊음에는 언제나 생명의 원시성이 엿보입니다.

산을 오르다 보면 내가 이젠 젊음에서 많이 비껴나 있다는 것을 실감하고는 합니다. 젊은이들의 발걸음을 쫓아 잡을 수 없기 때문만은 아닙니다.

그 생명의 발랄함을 도저히 흉내낼 수 없기 때문입니다. 그러나 슬퍼하거나 쓸쓸해하지는 않습니다.

내가 나이 들었다고 생각하기 보다는 젊은이들의 젊음을 감상하는데 열중하기 때문입니다.

젊은이들의 젊음을 열심히 지켜 보다 보면 나도 어느새 젊어지는 느낌이 듭니다.

무엇을 잃었다고 한탄하기 보다는 무언가를 감상할 수 있는 나이가 되었다고 생각하는 것이 나의 나이에 대한 생각입니다.

나는 이제 점점 감상할 것이 많아질 겁니다. 그리고 아주 훌륭한 관객이 될 겁니다.

아름다우면 감탄하고 재미나면 환호하고 슬프면 함께 눈물 흘리는 세상의 진정한 관객이 될 겁니다.

나이가 들어도 쓸쓸하지 않는 그런 관객 말입니다.

바람이 되어
떠돌고 싶습니다

　　　　　　　　바람이 붑니다. 바람이 뺨을
스치는 순간 바람의 투명한 손길을 보았습니다. 형상 없는 것에
서 바람의 형상을 본 것입니다.

　바람은 이제 내게 추상이나 먼 것이 아니라 가깝고 구체적인
것이 되었습니다.

　친구의 이름을 부르듯 바람을 부르고 친구를 만나러 가듯 바

람을 만나러 갑니다.

바람 속에 서 있으면, 아득히 먼 내 과거의 시간들을 만날 수 있고 잊었던 그리운 얼굴들을 만날 수도 있습니다.

바람 속에는 다 있는 것만 같습니다. 사라진 내 유년의 시간들도 사라진 것이 아니라 바람이 되어 이 세상을 유랑하고 있었고 그리운 얼굴들 역시 바람이 되어 숲과 계곡을 여행하고 있었던 것입니다.

바람이 되어 다가오는 그 시간들과 얼굴들은 아주 잠깐씩 나를 스쳐갈 뿐입니다. 언젠가 나도 바람이 되어 이 산야와 하늘을 떠돌겁니다.

그러다 내를 그리워하고 바람을 좋아하는 사람이 있다면 그에게 다가가 잠깐 미소짓고 또 떠나겠지요.

이 즐거운 떠남이 정말 좋습니다.

길을 걷는 것은
언제나 현재여야 합니다

　　　　　　　길이 멀다고 느껴질 때 주저앉
고 싶습니다. 그것은 걷는데 집중하지 못했다는 이야기입니다.

　길을 걷는 사람은 목적지에 집착하지 않습니다. 길을 열심히
걷는 사람들은 오로지 과정에 집중할 뿐입니다. 저 먼 곳이 아
니라 지금 이곳이 전부가 되는 것입니다.

　우리는 미래나 과거에 너무 많이 집착합니다. 과거는 기억으

로, 미래는 욕망으로 자리하고 있습니다.

지금 여기의 나는 없습니다. 그래서 우리는 살아도 산 것이 아닙니다.

삶이 당당한 자유로 다가오지 않는다면 그 삶은 지금 여기의 삶이 아니라 허구가 되는 것입니다.

과거도 미래도 불살라버리는 겁니다. 오직 지금, 현재의 삶만이 우리들의 삶이 되게 하는 겁니다.

인생의 길을 그렇게 걸어가야 합니다. 그러나 우리는 자꾸만 과거와 미래의 길을 걸으려 애를 씁니다. 결코 만날 수 없는 시간을 향해 걷는 길은 사막과도 같습니다. 그래서 지칩니다.

지금 여기의 길을 걷는다면 행복하겠습니다.

마음의 여백에
그림을 그려 보십시오

바닷가를 지나며, 바다와 조금
떨어진 산 언덕에 집을 하나 짓고 싶은 생각을 해보곤 합니다.

별 잘드는 산등성이에 집을 짓고 몇백 미터 떨어진 바다를 감
상하는 일. 왠지 좋을 것만 같다는 생각이 듭니다.

하루 한 번은 바다에 내려가 바닷가를 한두 시간쯤 걷고 바다
의 넓음으로 가슴을 적셔 보는 겁니다. 그리고 밤이 되면 별을

헤고 차를 마시고 음악을 듣는 것이죠.

그런 생각을 하면서 내가 신선이네 부르조아 신선 말이야. 하고 혼자 웃습니다.

내 생각의 여백에는 가끔 이런 아름다운 그림들이 그려집니다. 신선도 살아보지 못한 신선의 삶을 그려보는 것이죠. 재미있습니다.

생각의 여백에 하루 한 번 가장 평화로운 그림을 그려 보십시오. 그러나 이내 지워야 합니다. 오래 그리고 있으면 집착하게 될는지도 모르니까요.

여러분은 오늘 어떤 그림을 그리실지 궁금합니다.

부처님 살아서
나를 만납니다

새벽 법당에 들면, 부처님의 상
호가 내게 살아서 다가옵니다. 내 마음이 슬플 땐 부처님도 슬
픈 표정으로 다가오고 내 마음이 기쁠 땐 부처님도 기쁜 표정으
로 다가옵니다. 그러고 보면 부처님은 내 슬픔과 기쁨을 함께
하시는 분입니다.

부처님은 한 번도 나를 나무라거나 꾸짖지 않으십니다. 그냥

그럴 수도 있다고 하지만, 그것보다는 좀 더 나아져야 한다고 말씀하실 뿐입니다.

내게 한 번도 실망하지 않으시고 내게 한 번도 분노를 내보이시지 않으신 부처님은 내게 가장 넓은 마음의 상담자이자 후원자이기도 합니다.

부처님 앞에 서서 손을 모으면 그냥 마음이 정갈해지고, 고요해지는 것을 느낄 수 있습니다. 아무 말씀이 없으셔도 그 침묵의 깊이를 나는 느낄 수가 있기 때문입니다.

부처님이 계셔 나는 행복합니다.

언제나 찾아갈 분이 있다는 것. 그것은 아마 세상에서 가장 기쁜 소식일 겁니다.

나는 오늘 부처님을 하늘 높이 소리쳐 봅니다.

동심으로
살 일입니다

아이들이 바닷가 근처에서 뛰
어 놉니다. 모두 그 마을에 사는 아이들입니다.

초등학교 4학년, 3학년, 2학년 아이 셋, 4학년짜리 아이는 아
주 맑고 순하게 생겼습니다. 예쁜 모자도 쓰고 있었구요.

바닷바람이 아이들의 뺨을 무던히도 만지고 갔는지 뺨은 홍조
를 띠고 있습니다. "춥지 않니." 하고 묻는 내 말에 아이들은 춥

지 않다고 말합니다. "왜 밖에서 노니." 또 물으니까 아이들은 당연한 것을 묻는다는 듯이 "심심하니까요." 하고 대답을 합니다. 그러자 4학년 아이가 내게 묻습니다. "스님은 어디 사세요." "나는 용문사에 살아. 너희 용문사 아니." 하고 또 물었습니다. 아이들은 안다고 대답을 했습니다.

그 눈빛들이 겨울 하늘보다도 더 투명하게 다가왔습니다. 한번 절에 오라는 말을 남기고 나는 아이들과 헤어졌습니다.

바다는 아이들과 나 사이에 파도소리를 남깁니다. 아이들과 함께 한 시간과 대화와 눈빛들이 파도에 실려 바다로 간 겁니다.

내일은 바다가 더 정다워 질거라는 것을 압니다.

동심으로 산다면 우리는 삶의 어디에서도 잔잔한 기쁨과 만나게 될 겁니다.

오지의 여행은
위안입니다

기차를 탔습니다. 3량되는 미
니 기차입니다. 그 기차의 안은 조용합니다.

외국인 두어 명과 내국인 서너 명이 내가 탄 칸의 전부입니다.
외국인 두 명은 창 밖을 열심히 보고 두 명의 노인은 마주 앉아
소주를 주거니 받거니 합니다.

차창으로 짓다만 아파트와 말라버린 옥수숫대가 스치고 지나

갑니다.

예전에도 이 기차를 탄 적이 있습니다. 그때 졸다가 종점까지 갔었습니다.

이른 새벽의 역사엔 안개와 함께 추위가 내리고 있었습니다. 만추의 그날은 무던히도 추웠던 기억이 납니다. 차창을 스치고 지나는 풍경이 그때의 풍경이 아닙니다. 콘크리트 구조물들이 아직 이곳의 풍경을 더욱더 낯설게 합니다.

이제 이 기차를 타고 오는 사람들은 약간의 현지인들과 오지를 찾는 여행객들 뿐입니다.

관광객이 없기에 이곳은 더 고즈넉한지도 모르겠습니다.

햇살, 강아지, 휑한 도로, 낡은 간판들…….

이곳은 시끌벅적한 관광지가 아니라 적요로 가득한 여행지인 것만 같습니다. 종착역에 내려 거리를 걸었습니다. 이곳의 거리는 나보다 더 외로워 보였습니다. 어쩌면 나는 또 이곳을 찾을지도 모르겠습니다. 여행이 위안이라는 것을 이곳에서 실감했기 때문입니다. 내가 바라는 한 가지는 많은 곳을 여행하는 것입니다.

외로운 여행지에서 나는 내 삶의 희망 하나를 가만히 들여다 봅니다.

의미를 찾으며
살아야 합니다

노르웨이의 집들은 숲 속에 자리하고 있는 것만 같습니다. 그래서 마치 집이 숲을 장식하고 있는 것은 아닌가. 하고 착각이 들 정도입니다.

자작나무 숲 사이에 자리한 집들은 모두 예쁜 창을 지니고 있었고, 그 창들은 전부 인형과 트리로 장식되어 있기도 했습니다.

창을 통해 들여다보면, 그 집에 사는 사람도 예쁠거라는 확신

마저 듭니다. '어쩜 저렇게 예쁘게 집들을 꾸몄을까.' 생각하다 보면, 그 집 주인의 예쁜 마음이 있었기에 가능하다는 결론을 얻게 됩니다.

나도 그 집에서 하룻밤 묵으며 그 예쁜 마음을 닮고 싶다는 생각을 하게 됩니다. 예쁜 맘으로 아름답게 살아가는 일 그것 또한 우리가 걸어가야 할 삶의 길이기도 합니다. 그런 환경 속에서 사는 사람들은 그렇지 못한 곳에서 사는 사람들보다 많이 여유롭고 또한 넓을 것만 같습니다.

너무 서두르는 사회에서 빨리빨리만 외치며 살아온 우리들에게 저런 한적한 곳에 자리한 사람들의 집은 메시지로만 다가옵니다.

서두르지 않기, 그리고 삶이 너무 물질적이지 않기. 이 두 가지만 우리가 지킬 수 있어도 우린 의미를 찾는 인생을 살 수가 있습니다.

노르웨이 숲 속으로 집들의 불빛은 그런 인생의 길을 비추고 있는 것 같았습니다.

삶은
감사와 고마움입니다

새벽이면 달과 별에게 인사합니다. 감사합니다. 고맙습니다. 아침이면 산과 숲에 인사합니다. 감사합니다. 고맙습니다.

오후면 산길과 바다로 이어진 걸을 걸으며 합장합니다. 감사합니다. 고맙습니다.

밥을 먹을 때면 우리 공양주보살과 노보살께 인사합니다. 삶은 진정 감사와 고마움입니다. 감사와 고마움을 빼면 무엇을 일러 삶이라 하겠습니까.

내가 살아가는 것도 그대가 내 곁에 있는 것도 하늘을 보는 것도 물을 마시는 것도 감사와 고마움입니다.

나는 이제 더 바라지 않습니다. 살아 있는 것만으로 충분히 고맙고 감사하기 때문입니다. 고맙고 감사한 사람의 삶에 '더'라는 단어는 의미가 없습니다.

'더'라는 것은 바랄 것이 많은 사람들의 욕심의 표현일 뿐입니다.

감사합니다. 고맙습니다. 이 말은 지금의 내게도, 그리고 세상을 떠나는 날의 내게도, 더없이 소중한 말입니다.

눈이 되어
그대 가슴에 내리고 싶습니다

첫눈이 왔습니다. 가로등 불빛을 받으며 첫눈이 하얗게 왔습니다. 눈을 맞으며 길을 걷는 내 마음이 온통 하얗게 맑아지는 것을 느꼈습니다. 눈은 길에 쌓이고, 지붕에 쌓이고 내 마음에도 쌓였습니다.

내 마음에 쌓인 눈은, 방그레 웃으며 내게 추억과 먼 미래의 꿈들을 건넵니다.

산골 마을 눈 오던 날의 함성과 눈 오던 날의 썰매를 타던 풍경들이 내 눈가에 지그시 미소를 그립니다.

나는 그리움으로 웃는 것이 어떤 것인지 눈 오는 날 밤에 알았습니다. 눈을 따라 걸으며 나의 미래를 생각합니다

눈이 오는 날 다시 깊은 산중에서 문턱에 팔을 걸치고 앉아 '허, 눈이 오네.' 하며 호롱에 불을 끄는 나의 노년을 생각해 봅니다.

눈과 함께라면 생각의 길들이 따뜻하게 펼쳐지는 것이 느껴집니다. 눈은 내 삶의 기쁨과 환호이기 때문입니다.

눈이 오면 이유도 없는 설레는 내 가슴에서 나는 그리운 얼굴들과 따뜻한 노년의 평화를 모두 만납니다.

나도 누군가에게 눈이 되어 기쁨과 환호로 내리고 싶습니다.

자신에게
돌아오면 됩니다

　　　　　서로 바라보며 웃을 수 있을
때까지만 만남은 지속 되어야 합니다. 서로 마주보고 웃을 수
없다면, 멀리 떨어져 서로를 위해 기도하는 편이 좋습니다.

　만나서 괴로워하기 보다는 만나서 미워하기 보다는 떨어져 그
냥 가끔 생각하는 것이 더 현명한 자세입니다.

　억지 부리지 말고 또 인연이 아닌 것을 인연이라 고집하지 말

고, 조용히 자기에게로 돌아가는 것이 더 성숙한 사람의 모습입니다.

사람 뿐만이 아닙니다. 모든 것은 억지로 되는 것이 없습니다. 노력해도 되지 않는 것들이 있습니다. 그때는 자기에게로 돌아가야 합니다.

순탄하지 않는 것들을 향해 오래 서 있게 되면 가슴엔 분노와 절망의 파도만이 거세게 일 뿐입니다. 그냥 주어진 것들에 감사하고 내 자리가 아니다 싶으면 있는 그 자리를 벗어나는 것입니다. 그리고는 자기에게로 돌아오면 됩니다.

우리가 불행한 것은 너무 오랜 외출로 자기에게 돌아오는 법을 잊어버렸기 때문입니다.

자신이 자기의 마지막 의지처라는 것을 늘 기억하고 살기를 바랍니다.

겨울 바람 속에
진실을 만납니다

바람이 불어옵니다. 바람의 언어를 나는 알 수가 없습니다.

그리움인지 슬픔인지 아님 쓸쓸함 인지. 모든 것 다 잊고 결연하라고 바람은 우리들 가슴을 향해 거세게 불어옵니다.

그리움도 쓸쓸함도 모두 작은 것이라고 겨울 바람은 큰 걸음으로 다가와 내 가슴에 자리한 모든 것을 지웁니다.

더 깊이 참선하라고, 다시는 그리움에 눈물 흘리지 말라고 겨울 바람은 새벽 죽비처럼 내 가슴을 후려칩니다.

겨울산의 바람소리 안에서 나는 나를 버립니다. 중생이기에 가졌던 미혹과 사람이기에 가졌던 모든 미련과 어설픈 수행자이기에 가졌던 나의 아기 그 모두를 버립니다.

겨울 바람은 결연함으로 시작입니다. 겨울 나무들이 또다시 생명의 시작이 듯이 겨울 바람 속에서 나는 다시 시작의 아침을 맞습니다.

겨울산에 들어가 바람소리를 들어볼 일입니다. 모든 허식이 떨어져 나간 겨울산의 바람소리 속에서 우리 진실을 만나게 될 겁니다.

언제나 진실을 찾아 나서는 길이 우리들의 삶이었으면 좋겠습니다.

지금 내 곁에 있는 것들을
사랑해야 합니다

나이가 든다는 것은 쓸쓸한 일
이라고 합니다. 기력도 떨어지고 기억력도 사라지고 그리고 그
에 따라 사람들도 하나 둘 곁을 떠나고.

나이가 들면 그냥 혼자 덩그라니 남겨지는 것이 인생입니다.

어떤 이는 이것을 외로움이라 하고 어떤 이는 이것을 고통이
라고도 합니다. 그 고통과 쓸쓸함을 감내 하지 못하고 어떤 이

는 또 일찍 세상과의 인연을 스스로 끊기도 합니다.

나이가 들면 인연있는 모든 것들이 사라져 가는 것은 사실입니다. 그러나 여전히 남아서 생명이 다하는 날까지 함께하는 많은 것들도 많이 있습니다.

밤 하늘의 별이 그렇고, 때가 되면 피어나는 꽃들과 하늘의 햇살 역시 그 자리를 떠나지 않고 함께하고 있습니다.

바람과 강물과 저 바다가 어찌 우리가 늙었다고 거부하고 자리를 뜨겠습니까. 법당의 부처님은 우리가 나이들수록 더 자상하게 미소짓고 계시지 않습니까.

사라진 것을 그리워하기 보다는 지금 내 곁에 있는 것을 사랑하며 살 일입니다.

그러면 나이가 들어도 우린 많은 것들과 함께하고 행복한 노인이 되어갈 겁니다.

따뜻하게 저물어 가는 시간을 위하여 오늘도 나는 기도합니다.

부처의 미소를
닮고 싶습니다

초를 사둡니다. 법당 밖에는 겨울 바람소리가 윙윙 거립니다.

모두가 떠난 절 마당의 고요. 촛불이 가끔 바람에 흔들리고, 그때마다 부처의 상호에는 그림자가 어른 거립니다. 하지만 부처님의 미소는 여전히 자애롭습니다. 어둠도 바람도, 부처님의 미소의 아름다움을 침범하지는 못합니다.

부처님이 내게 건넨 것은 무엇일까. 내가 부처에게서 얻은 위안은 무엇일까. 곰곰히 생각해 보았습니다.

그것은 미소였습니다. 그 완전한 자의 평온한 미소.

젊은 날 부처의 미소는 내 가슴에 그렇게 꽃처럼 내렸던 것입니다. 그 미소의 아름다움과 향기. 난 그 미소의 향기와 아름다움을 따라 이곳 산사에 와 이르렀습니다. 그래서 내 삶은 향기롭고 아름다워야만 합니다.

기도를 하면서 나는 다시 부처의 미소를 기억합니다. 그리고 가슴속에 꼭 담아 둡니다.

부처의 미소를 닮아가는 일이 나의 기도입니다. 나의 기도는 그래서 아름답습니다.

따뜻한 눈물을
흘리세요

눈물이 가끔 아름다워 보일 때가 있습니다. 누군가의 아픔을 이야기하며 흘리는 눈물은 따뜻한 온도를 지니고 있습니다.

함께 아파하며 손 내밀어 주는 그 손길에 부처님의 사랑이 빛나고 있다는 것을 압니다. 우리 모두 부처라는 말은 우리 모두 자비심을 가지고 있다는 의미입니다.

누군가의 아픔을 함께 아파하고, 누군가의 고됨을 함께 나누려는 그 자비의 마음에서 부처는 탄생합니다.

오늘 그대가 흘리는 따뜻한 눈물 속에서도 부처는 태어납니다. 그러나 자신의 억울함을 자신의 이익을 위해 흘리는 눈물엔 따뜻함이 없습니다.

그 눈물은 얼음처럼 시립니다. 그 눈물의 온도는 곁의 사람에게까지도 추위를 전합니다.

눈물에는 이렇게 따뜻한 눈물이 있고 차가운 눈물이 있습니다.

따뜻한 눈물 속에는 부처가 탄생하고 차가운 눈물 속에는 중생이 서 있을 뿐입니다.

이제 우리 따뜻한 눈물을 흘려야만 합니다.

그 따뜻한 눈물이 강처럼 흐를 때 우리 사는 세상은 진정 아름다운 세상이 될 것입니다.

아름디운 삶을
만들어 가야 합니다

가끔 나는 늙어서의 모습을 그려 봅니다. 주름지고 말라가는 내 모습을 그때도 지금처럼 웃으면서 바라볼 수 있을까.

늙은 몸 앞에서도 웃을 수 있도록 아름답게 살아야겠다는 생각을 합니다. 늙고 야윈 몸 앞에서 웃을 수 있는 것은 마음이라는 것을 알고 있습니다.

마음은 몸을 보는 것이 아니라, 그 몸이 행한 아름다운 삶을 보기 때문입니다. 아름다운 삶을 살았을 때 찾아오는 그 고요하고 맑은 마음, 그 마음을 지니고 있을 때에만 늙고 야윈 몸 앞에서도 웃을 수가 있습니다. 그때를 생각해서 지금부터라도 아름답게 살고자 합니다.

그 첫 번째는, 내가 살고자 했던 삶을 사는 것입니다. 원하는 대로 살지 않으면 삶은 어그러지기 때문입니다.

둘째, 자신의 삶 안에서 만족하기 입니다. 물질적이기 보다는 정신적인 삶을 살아야 한다는 것입니다. 정신적인 풍요가 없다면 가난한 삶에 만족은 없기 때문입니다.

삶은 만들어 가는 것입니다. 그리고 그 작품의 위대성은 삶의 작가인 본인만이 알 수가 있습니다.

아름다운 삶을 만들어 가는 일, 그 일이 이제 내게는 기도가 됩니다.

소유의 지혜를
익혀야 합니다

옷가지를 꺼내서 필요로 하는 곳에 보냈습니다. 입지 않은 옷들이 그렇게 많다는 것을 옷장을 정리 하면서 비로소 알았습니다.

난 늘 입버릇처럼 말합니다. 옷은 그저 계절별로 두세 벌만 있으면 된다고.

그런 내게 너무나 많은 옷가지가 있다는 것이 놀라웠습니다.

옷을 하나씩 박스에 담으면서 이 옷을 입는 사람들이 평생 추위에 떨지 않기를 기원했습니다.

살펴보면 우린 너무 많은 것들을 가지고 살아갑니다. 삶에 필요한 그 이상의 것을 소유하기를 원합니다.

그래서 삶이 고통이 되고, 세상이 이렇게 투쟁의 연속이 됩니다.

생존을 위한 필요. 이것이 나는 조화롭게 살아가기 위한 필요의 정의라고 생각합니다.

생존을 위한 것이 아니라면 과감히 버릴 수 있어야만 합니다. 필요의 정의에 따라 살아갈 때 세상은 조화롭고 개인은 아름다운 삶의 참여자가 되는 것입니다.

너무 많은 소유는 세상뿐만 아니라 개인까지도 망가지게 합니다.

필요한 만큼만 소유하고 사는 소유의 지혜를 우리 이제 익혀야만 합니다.

오늘 나는 나를 둘러 봅니다.

생존을 위한 그 이상의 것들이 아직 많습니다.

이렇게 하나하나 버리고 소유의 아름다움을 구현해 가도록 하겠습니다.

가난은
풍경을 남깁니다

　　　　　아침 신문에서 연탄을 배달하
는 구호단체의 사진을 보았습니다. 연탄 한 장의 온도가 녹이
던, 그 가난했던 날들의 풍경이 떠올랐습니다.

　연탄 한 장 때고 방이 따뜻해지기를 기다리던 순간들의 그 표
정들…….

　차가운 방 바닥에 온기가 돌기 시작하면, 손부터 먼저 이불 속

에 묻고는 했습니다.

이불 하나 펴고 그 속에서 서로 부딪치던 손과 발들의 접촉이 이제는 그리운 풍경으로 떠오릅니다.

연탄불을 갈 때면 서로 붙은 연탄들을 억지로 떼어 내며, 혹시라도 깨질까 조바심 내던 그 순간들.

그때마다 겨울 칼바람은 온몸을 얼마나 차게 흔들고 가던지 이젠 다 추억이 된 풍경들입니다.

지금은 참 편합니다. 보일러 센서로 모든 것이 작동되기 때문입니다. 하지만 가난했던 날들의 따듯한 풍경은 모두 사라져 버리고 말았습니다.

그러고 보면 가난은 풍경을 남기고 편함은 풍경을 지우는 것만 같습니다.

구호단체의 연탄을 받는 가정들이 가난 속에서도 이런 맑은 삶의 풍경들을 그릴 수 있었으면 좋겠습니다.

달빛 아래서
두 손을 모읍니다

달빛 밝은 밤입니다. 달빛 아
래 서서 두 손을 모읍니다. 그리고 내게 고마웠던 이들의 이름
을 떠올리며 나는 그들을 위해 기도합니다.

살아가면서 내가 바라는 한 가지는 나로 인해 마음 아픈 사람
이 없고, 내가 아는 모든 사람들이 모두 행복해 지는 겁니다.

달빛 아래서 나는 그렇게 기도를 합니다.

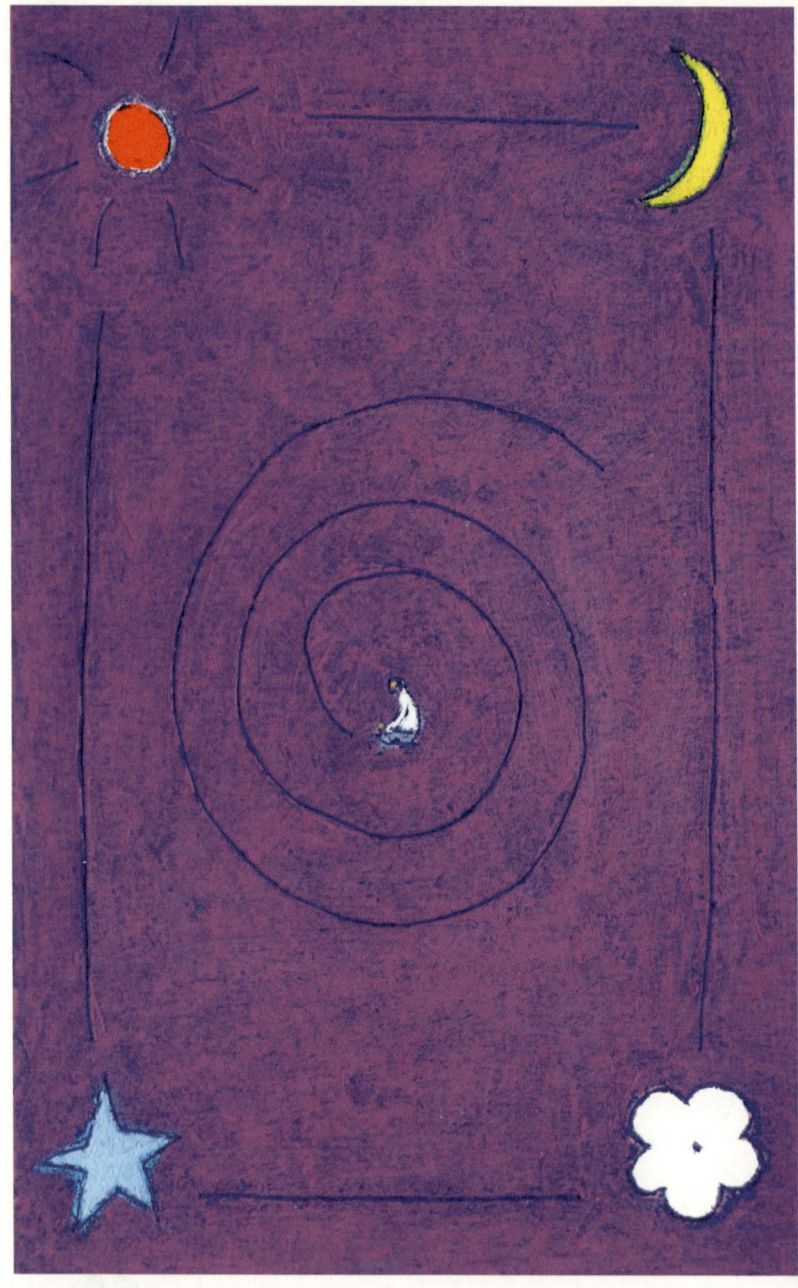

내 아는 모든 이들이 행복하라고. 그리고 아픔으로부터 자유
로우라고.

살다보면 때로 마음이 상할 수도 있고 오해가 있을 수도 있고,
의견이 다를 수도 있습니다. 그때마다 마음에는 우울함이 내려
앉습니다.

이해와 배려와 세심한 주의가 부족한 탓에 다가온 것들입니다.

사람과 사람이 만나 행복해지기 위해서는 더 많이 이해하고
배려해야만 합니다. 그러나 이해와 배려는 그렇게 쉽게 찾아오
지 않습니다. '나'라는 생각을 비운 자리에 찾아오는 것입니다.

그냥 듣고, 그리고 그냥 이해하면 되는데 우린 그것이 참 안
됩니다.

'나'라는 생각이 있기에 그냥 듣고 이해하는 것은 불가능한 것
이 됩니다.

얼마를 살아야 '나'라는 생각이 지워질까요.

달빛을 향해 기도를 하며 진정 '나'라는 생각을 떠난 '나'이기
를 발원했습니다.

삶이 가끔
아픔으로 다가옵니다

비가 무겁게 내리는 저녁. 키 작은 할아버지 한 분이 종이 상자를 가득 리어커에 싣고 도로를 건너 가십니다. 차와 차 사이를 아슬아슬하게 내리는 빗물을 훔치며 도로를 건너가십니다.

지나가는 차들이 클랙슨을 울려도 할아버지는 무심한듯 위태로운 도로를 힘겹게 건넙니다. 나는 두 손을 모아 할아버지의 고된 생애와, 안전한 보행을 위해 기도했습니다.

삶이란 얼마나 고되고 힘든 일인지요. 누군가에게 이토록 고되고 힘든 세상을 너무나 쉽게 살아가는 것 같아 참 미안하고 죄스러웠습니다.

산다는 것이 모두에게 똑같을 수는 없지만 삶의 아픔을 외면한 채 살아갈 수는 없습니다.

그 아픔들에 대해서 최소한의 책임감을 지니고 살아야만 한다고 생각합니다.

그러나 그렇게 살지 못하고 있습니다. 동체대비는 언제나 헛된 구호가 되어 사라지고 있는 것만 같습니다.

내 가슴에 자비는 언제나 생생한 것이 되어 나를 움직이려는지 알 수가 없습니다.

비가 무겁게 내리는데 할아버지 한 생애가 비에 젖어 애처롭게 걸어갑니다.

그 길 위에 부처님의 가피가 함께 하길 기도했습니다.

취객의 말 한 마디
가슴에 새깁니다

어두워진 도심의 길을 걷는데,
술에 취한 행인이 말을 던집니다. "절을 왜 내려왔어, 절에 있어
야지." 웃고 지나치려다 그만 그 말에 발길이 잡힙니다. 세인들
에게 스님은 그냥 절에 있어야 한다는 생각이 지배적입니다.

절에서 나무처럼 혹은 바람처럼 사는 스님의 모습을 만나고
싶은 것입니다.

186
187

나도 그렇습니다. 산에서 승복은 숲과 절묘한 조화를 이루지만 도시에서의 승복은 좀 초라해 보인다고 생각합니다. 하지만 이제, 스님들이 산에서만 살 수는 없습니다. 세상 속으로 들어가 세상 사람들에게 부처님 말씀을 전해 주어야 하기 때문입니다.

　결코 품위를 잃지 않고, 결코 속되지 않게 마치 산사의 나무와 바람같은 모습으로 세상 사람들의 가슴에 감동을 남기며 그렇게 부처님 말씀을 전해주어야만 합니다. 하지만 세상에 내려오면, 세상의 모습을 점점 더 닮아가는 자신의 모습을 만나고는 합니다. 취객의 말 한 마디. 그것은 어쩌면 세상에 내려와 세상에 물든 내 마음을 향해 던진 일갈이었다고 생각합니다. 취객의 눈길에도 들켜버린 속화된 이 마음을 어쩌나 싶은 생각이 듭니다.

　절을 왜 내려왔어 절에서 살아야지. 취객의 덧없는 그 한 마디를 나는 가르침처럼 내 가슴에 새깁니다.

　몸은 세속에 살아도 마음은 산사를 떠나지 않기를 기도합니다.

한결같음은
아름다움입니다

겨울이 와도 소나무는 그 푸르름으로 자신을 말합니다. 온산에 하얗게 눈이 내려도 소나무는 그 푸르름으로 나 여기있다고 소리칩니다. 그 음성과 모습이 반가운 것은 언제나 한결같은 모습을 잃지 않기 때문입니다. 한결같다는 것 그것은 아름다운 것입니다.

그것은 내가 나의 중심에 서 있다는 것이고 어떤 바람에도 흔

들리지 않다는 것이고 믿음을 끝내 지키겠다는 의미이기 때문입니다.

요즘같이 쉽게 변하는 세상에서 한결같음은 더욱 귀하게만 다가옵니다.

쉽게 변해가는 우정과 쉽게 결별을 고하는 사랑 앞에서도, 한결같을 수 있다면 그는 진정 아름다운 사람입니다.

세상 모든 것은 너무 쉽게 변해갑니다. 그 변해가는 세상 속에서 소나무 같은 사람을 만나기는 얼마나 어려운 일일까요.

솔숲에 바람이 입니다. 그 바람까지도 푸릅니다.

속까지도 푸른 그 한결같음이 그 무엇보다도 빛이 납니다.

사랑과 관계와 그 모든 것들이 소나무같기를 바라봅니다.

진리를 가슴에 안고
살아갑니다

　　　　　　살아 있다는 것이 물방울 같습
니다. 톡 하고 터지면, 사라지는 물방울 같이 우리들 삶도 그렇
다고 생각합니다.

어제 있던 사람이 오늘 없고 낮에 정담을 나누었던 사람이 저
녁에는 없습니다. 어디갔나 찾아보면 그 간 곳을 알 수도 없습
니다.

이런 삶에 과연 무엇을 기뻐하고 무엇을 슬퍼할 수가 있겠습니까.

한 조각 구름이 일어나고 사라지는 것처럼 무상한 인생인데, 우리 자유의 노래를 잊은 채 너무 옹졸하게 살아가고 있습니다.

마음을 비우고 살지 않으면 결정적인 순간에 우리 결코 자유로울 수가 없습니다.

공포와 집착으로 얼룩진 시간은 우리들에게 그 어떤 밝은 길도 약속해 주지 않습니다.

언제 어느 순간에도, 그냥 웃으며 떠날 수 있게 마음을 비워야만 합니다.

본래 공한 생명의 도리를 깨닫고 그 진리대로 살아가야만 합니다. 텅 빈 마음에는 모든 것이 긍정이고 희망이지만, 욕탐이 자리한 마음에는 모든 것이 부정이고 절망이 됩니다. 텅 빈 마음에는 죽음까지도 희망이 됩니다.

집착을 버리고 사는 것이 자유롭게 가는 길이라는 진리를 늘 가슴에 안고 살아가야 겠습니다.

혼돈의 시간을
두려워 마십시오

　　　　　　결정은 언제나 혼돈과 함께 옵
니다. 마치 어둠을 지나야 새벽이 오듯이 말입니다.

혼돈을 두려워하고 혼돈에 쉬이 지치게 되면, 결정의 새벽을
맞을 수가 없습니다. 출가를 할 때도 역시 그랬습니다.

출가 해야겠다고 결심하는 그 순간까지도 수없이 많은 혼돈의
아픔을 겪어야만 했습니다.

때론 온 국토를 떠돌아다니며 나의 모습을 들여다보고 또 들여다보았습니다. 수없이 많은 나의 모습을 보아야만 했습니다. 하지만 수없이 많은 혼돈의 갈래를 지나면서도 변하지 않는 하나가 있었습니다. 그것은 무엇이 내 인생에 가장 절실한 것인가. 하는 것이었습니다.

그 절실한 하나가 무수히 많은 혼돈을 뚫고 들어오는 것을 보았습니다. 그것은 마치 담을 뚫고 올라오는 새싹과도 같이 고운 것이었고 파도처럼 격렬하게 다가오는 것이기도 했습니다.

혼돈의 시간을 두려워하지도 회피하지도 마십시오.

그 혼돈의 시간을 견디면, 새벽과도 같이 우리들 삶의 답을 찾게 될 것입니다.

거울에 비친
얼굴을 봅니다

거울 앞에 서서 내 모습을 봅니다. 이젠 젊지 않습니다.

지금의 내 얼굴 속에는 유년과 청년과 중년의 모든 얼굴들이 들어있습니다.

내 살아온 세월의 종합입니다. 그러나 아름답지도 않습니다. 수행자의 모습 또한 보이지 않습니다.

살아온 세월 모두가 아름답게 드러나 보일 나이인데, 난 아무래도 그렇게 아름다운 시간을 살아온 것 같지는 않습니다.

마음을 비우고, 모든 생명의 행복을 기원하며 살아왔다면, 내 모습은 달랐을 겁니다.

성자는 말을 해서 아는 것이 아니라 그냥 그 모습만으로도 알 수가 있습니다.

성자의 모습에서는 성스러운 삶의 진실이 묻어나기 때문입니다. 아무리 교언영색으로 꾸며도 삶은 언제나 진실을 드러내 보입니다.

나는 나의 모습을 보면서 삶의 진실을 만납니다.

거울에 비친 내 삶의 진실들은 내게 더 많이 수행하고, 더 많이 타인들의 삶을 위해 헌신하라고 말합니다.

이제 이 길 위에서 자신의 모습을 더욱더 아름답게 만들어 가겠습니다.

아름다움을 위한 서원 하나를 부처님께 올리며 절을 합니다.

참회와 행복을 위해
날마다 기도합니다

우리들 삶의 행위는 그 어느 때도 가벼울 수는 없습니다. 그 행위는 파문을 남기고 그 파문이 누군가에게 흔적을 남기기 때문입니다.

그래서 우리들 삶의 행위는 진실해야 하고 진중해야 하고, 또한 아름답고 선한 것이어야 합니다.

나는 날마다 기도합니다. 오늘 하루도 나로 인해 그 누군가 아픈 사람이 없기를.

　그리고 내가 모든 사람들에게 기쁨과 행복을 주는 존재가 되기를 기도합니다.

　그러나 나의 기도는 때로 슬픔으로 돌아오고, 때로 절망으로 돌아오기도 합니다.

　어떤 때는 나의 태도가 또 어떤 때는 서로의 이해의 결여로, 아파하고 슬퍼해 하기도 합니다. 그 절망과 슬픔과 마주하게 되면, 나는 나를 반성합니다.

　내게 무엇이 부족했었는지 또 나의 행위가 나의 이기심에서 비롯되지는 않았는지 찬찬히 살펴봅니다. 그리고 아직 내게는 고쳐야 할 많은 것들이 있다는 것을 알게 됩니다.

　나는 다시 기도합니다. 나의 부족함이 남긴 상처에 대해 참회의 기도를 합니다.

　참회를 위해 기도하고 행복을 위해 기도하고, 그렇게 나는 날마다 기도하며 나를 일으켜 세웁니다.

삶은 경건한
시간입니다

새벽 숲길은 신성합니다. 누구
나 새벽 숲길에 서게 되면 마음 저 깊은 곳에서부터 차오르는
경건함을 만날 수가 있습니다.

삶이 너무 건조하다고 생각되면 산사에 자리한 새벽 숲길을
걸어 보십시오.

삶이 너무 경박하다고 생각된다면 그때에도 새벽 숲길을 걸어

보십시오.

삶의 속도가 너무 빨라 삶이 두렵게 다가온다면 새벽 숲길을 걸어보십시오.

산사를 앞에 두고 있는 숲길을 걸으며 우리는 천천히 아주 천천히 삶의 경건성을 회복할 수 있을 겁니다.

삶은 경건한 생명의 시간입니다. 그 경건한 생명의 시간을 우리는 깨어 있는 의식으로 걸어가야 합니다.

깨어 있지 않으면, 삶은 그 경건성을 모조리 잃어버리고 흘러가게 될는지도 모릅니다. 깨어있어 자신의 생각과 행동 하나 말씀 하나까지도 살펴 보아야 합니다.

그리고 빠르면 더디게 삶의 속도를 조정해야 하고 경박하면 그 경박함을 지워나가야만 합니다.

산사의 새벽 숲은 우리에게 삶의 경건함에 대해 눈뜨라고 일깨워줍니다.

가장 낮고 가장 밝은 목소리로 새벽 숲은 경건함의 노래를 들려줍니다.

새벽 숲을 걸으며 나는 삶을 향해 머리 숙입니다.

느낌은 충만한
소유입니다

창 밖 풍경이 좋아 차를 마시
며 그 풍경도 함께 담아 마십니다.

가끔 도반이 그리워 산길을 걸으며 도반의 모습도 그 산에 모
종을 해 봅니다.

이 모든 것이 내게 있습니다. 앞산이 멀어도 도반이 먼 곳에
있어도 나는 그 먼 거리 때문에 가슴 아파하지는 않습니다.

내 마음 안에는 산도 도반도 다 담겨 있기 때문입니다.

마음의 문을 열면 난 언제나 그들과 만날 수가 있습니다. 만나지 못해 가슴 아파한다면 그것은 마음의 문이 닫혀있기 때문입니다.

같이 있지 않아도 같이 있을 수 있다는 것을 마음의 문을 여는 순간 우리는 알 수가 있습니다.

형상의 집착을 떠나게 되면, 우리는 더 멀리 더 넓게, 모든 것과 만나고 느낄 수가 있습니다.

그러나 형상에 집착하면 형상 이외의 것에 대해서는 아무것도 볼 수가 없게 됩니다. 아주 좁은 시야에 갇혀 살게 되는 것입니다.

소유 역시 마찬가지입니다. 소유는 우리를 가둡니다. 마음의 자유로운 운행을 소유는 허락하지 않습니다.

가지려 하지 말고 느끼며 살아보십시오. 느끼는 순간 무소유의 충만함을 만나게 됩니다. 가난해도 행복한 날들은 이렇게 찾아옵니다.

느낌…….

그 충만한 소유를 위해 마음의 문을 여십시오.

마음에 생각이 없을 때
행복합니다

새벽 산사에는 공기도 멈춰 있는 것 같습니다. 움직이는 것은 아무것도 없습니다. 다만 고요함만이 느껴집니다.

미동도 하지 않는 고요는 오히려 따뜻하게 다가섭니다.

우리도 마음의 바람을 잠재울 수만 있다면 새벽녘 산사의 고요와도 같은 마음을 만날 수가 있을 겁니다.

일체의 탐욕이 없어 마음 움직이기 전의 마음. 그 마음의 따뜻함과 평온을 만나보지 않은 사람이 어찌 알 수가 있겠습니까.

그러나 삶의 평화는, 움직이지 않는 그 마음에 있고 존재의 행복한 순간 역시 움직이지 않는 그 마음에 있습니다.

그 마음은 마음 없는 마음입니다.

살다보면 짜증나고 서럽고 분한 그 모든 일이 다 마음의 장난입니다.

마음의 어지러운 장난만 그칠 수 있다면 삶의 모든 고통은 사라져버립니다. 한 생각에 다 사라져버릴 고뇌들을 너무 오래 끌고 살아왔습니다.

이제 고요 속에서 자유로워지라고 새벽 산사의 고요는 말하고 있습니다.

관람자 편에서
세상을 보세요

보이지 않아도 보는 것이 민심입니다. 들리지 않을 것 같아도 듣는 것이 세상의 귀입니다. 말이 없다고 해서 뜻까지 없을 세상 사람들이 아닙니다.

세상의 모든 것은 이치에 맞게 상식선에서 이루어져야만 합니다. 욕심은 언제나 재앙을 부를 뿐입니다.

세상이 내 것 같아도 내 것 아닌 것이 세상이고 내가 내 것인

것 같아도 내 것 아닌 것이 나의 참모습입니다.

이 세상 어느 것도 소유할 수 있는 것은 없습니다. 다만 관리할 수 있을 뿐입니다.

소유하려고 하면 고통이지만 관리한다고 생각하면 집착이 없으므로 고통스럽지 않습니다.

권력이나 부 그리고 명예 이 모든 것을 소유할 수 있다고 생각하는 그 순간부터 삶은 고통이 됩니다.

삶은 어쩌면 그냥 구경하는 것인지도 모르겠습니다. 이 세상 그 어떤 것도 소유를 허락하지 않기 때문입니다.

관람자의 입장에서 삶의 모든 것을 구경해보십시오. 그러면 그대는 진정 많은 것을 가슴에 담는 풍요로운 사람으로 남을 수 있습니다.

시간을
아껴 써야 합니다

        하루하루 시간이 가는 것이 보
입니다. 오늘이 가면 내일이 온다는 사실도 알고 있지만 하루를
금쪽같이 쓰고 있지는 않습니다.

   돈 만 원 쓰는 것이 아까운 줄을 알면서도 하루를 허비하는 것
은 아까운 줄을 모릅니다.

   돈이야 다시 벌면 되지만 시간은 한 번 가고 나면 다시는 잡을

수가 없습니다.

다시는 생산되지 않는 시간의 일회성에 우리는 어찌 이리도 어둡게 눈 감고 있는지요.

시간을 아껴 써야 합니다. 시간을 아껴 쓰는 사람은 남을 미워하고 원망하지 않습니다.

미워하고 원망하는 것은 곧 시간의 낭비이기 때문입니다.

시간을 아껴 쓰는 사람들은 오직 사랑하고 나눌 뿐입니다. 그속에서 시간은 영원이 되기 때문입니다.

기쁨으로 살기에도 우리에게 시간은 모자랍니다. 분노하고 절망하기에 우리들의 생은 너무나 짧습니다.

오늘 하루 꽃처럼 웃어 보는 겁니다. 그리고 미풍처럼 즐거운 말을 나누어 보는 겁니다. 그러면 당신은 시간을 진정 아껴 쓰는 삶이 될 것입니다.

침묵의 언어가
그립습니다

꽃은 스스로 아름답다고 말하
지 않습니다. 행복한 사람은 행복하다고 말하지 않습니다.

말하는 것은, 그래서 무언가 부족하고 불만족스럽다는 뜻이
고, 침묵하는 것은 그냥 더 이상 구할 것이 없다는 의미입니다.

침묵이 웅변보다 더 가치가 있는 이유입니다.

입은 화의 문이라고 했습니다. 입을 자꾸 열면 그만큼 불화의

기회가 잦습니다.

세 번 생각하고 한 번 말하기. 그리고 열 번 참았다 한 번 말하기.

그렇게 생각하고 참았다 하는 말들은 이미 내 안에서 걸러져 밖으로 나오는 순간 웬만큼 맑은 언어가 되어 상대에게 가 닿게 될 것입니다.

너무 즉흥적이고, 즉설적인 말들을 삼가고, 신중하게 말을 해야 합니다. 그러면 불화의 기회를 우리는 피해갈 수가 있습니다.

이것이 또한 자신을 다듬는 일입니다.

침묵이 귀한 세상입니다.

침묵이 귀하다는 것은, 그만큼 사랑의 말 배려의 말이 사라져 간다는 것을 의미합니다.

따뜻한 침묵이 그리운 시간입니다.

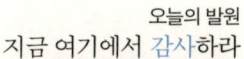

이 길은 가난을 사랑하는
사람만이 갈 수 있습니다

출가는 마음의 애욕을 떠나 다
시는 세속을 그리워하지 않는 것입니다.

마치 바람이 꽃대를 떠나 듯 그렇게 떠나는 것이 출가입니다.

꽃대에 머물던 바람이 자취를 남기지 않듯이 출가한 사람들은
허명을 남기지 말아야합니다.

그리고 삭발하던 날의 그 기억을 잊지 말고 살아가야만 합니

다. 세상 많은 모습 가운데 삭발하고, 납의를 입고 걸어가는 길은 쉬운 길은 아닙니다.

그러나 이 길보다 더 아름다운 길은 세상 그 어디에도 없습니다.

잘 먹고 잘 입자고 가는 길이 아니라 사랑하고 나누기 위해 가는 길이기에 이 길에는 무한한 자기 헌신의 아름다움이 있습니다.

설법을 듣기 위해, 제 몸을 미련없이 버리는 설산동자의 구도의 열정과 새 한 마리를 살리기 위해 자신이 전신을 내어주는 수행자의 끝없는 사랑이 이 길의 내용입니다.

이 길은 자기 자신만을 생각하는 사람은 갈 수가 없습니다. 그리고 이 길은 허망한 부와 명예에 집착하는 사람 또한 갈 수 없는 길입니다.

납의를 입고도 세상 부러움없이 웃을 수 있는 사람만이 갈 수 있고, 주린 배의 아픔까지도 사랑할 수 있는 사람만이 갈 수 있는 길입니다.

이 길의 아름다움 앞에서 오늘도 나는 참회하며 걷고 있습니다.

마음의 아침에
눈이 내립니다

오늘 아침, 눈이 온다는 문자메시지를 받았습니다. 나는 눈을 감고 눈이 내리는 풍경들을 떠올렸습니다. 아쉽게도 서울에 눈은 내리지 않고 있지만 난 내 감은 눈 속에서 송이져 펑펑 내리는 함박눈을 볼 수가 있었습니다.

공간에는 없으나 내 감은 눈 속에 있는 눈. 그것은 내 마음에 내리는 눈이었습니다.

내 마음에 눈이 쌓여 오늘 아침 내 마음은 온통 하얗습니다. 이 하얗게 쌓인 눈 속에서 나는 어제도 잊고 또한 내일도 잊습니다. 그냥 하얀 눈이 고운 능선처럼 쌓여있는 마음 위에는 평화만이 있을 뿐입니다.

좋지 않은 기억들, 그리고 미움으로 떠오르던 얼굴들까지도, 오늘 아침은 모두 송이 눈이 되어 내 마음에 하얗게 내리고 있습니다. 예쁘고 예쁜 모습입니다. 어떻게 내가 송이져 하얗게 눈처럼 내리는 사람들을 미워할 수 있었는지 지금 이 순간은 알 수가 없습니다.

가끔 우리 마음으로 걸어 들어가, 하이얀 마음의 눈을 만나볼 일입니다. 그러면 하얗게 밝아 오는 마음의 아침을 만날 수가 있을 겁니다.

그 위에 그 무엇이 미움이고 시비일 수 있겠습니까.

눈이 내려 오늘 아침은 온통 찬란한 마음의 향연입니다.

마음의 밭에
들어섭니다

눈을 감습니다. 차마 자신의
모습을 보기 부끄러워서 입니다. 무엇을 하고 한 해를 살았는
가. 어떤 모습으로 시간을 살아왔는가.

이른 새벽 자신을 향해 물으며 나는 문득 내 모습이 부끄러워
눈을 감습니다.

왜 이렇게 살아도 삶은 부끄러움으로만 남는 것인지 언제 환

하게 미소지으며 자신의 모습을 바라볼 수 있을지 기약이 없습니다.

　절 마당을 소요하며 한 줌 겨울 햇살에 미소짓는 노스님의 그 청빈한 평화를 언제 만날 수 있을지, 자신할 수가 없습니다.

　삶의 어느 자리에서도 그저 평화롭고 따뜻한 존재로 서 있는다는 것이 어쩌면 요원할 수도 있다는 생각이 듭니다.

　너무 많은 번잡함 속에 내가 있습니다. 단순하고 텅 빈 삶의 자리와 마음을 만나지 못하고 있습니다.

　삶은 단순할수록 평온하고 마음은 비워갈수록 고요해지는 이 아름다운 법칙들을 나는 자꾸 잊은 채 살아가고 있습니다.

　햇살이 따뜻하고 바람이 순한 자리에서 꽃처럼 피어나는 나를 이제는 만나야 할 시간입니다.

　참 '나'를 만나야 겠다는 발원의 쟁기 하나 들고 오늘 나는 마음의 밭에 들어섭니다.

오래된 가치들을
잃지 말아야 합니다

살다보면 가끔 넋을 빼앗길 때가 있습니다. 그래서 정녕 귀한 것을 홀대할 때가 있습니다. 자기를 길러준 부모를 홀대할 때가 있고, 오랜 친구를 비난할 때가 있고, 자기가 자란 고향을 부정할 때가 있습니다.

돈도 좋고, 명예도 좋고, 권력도 좋다지만 그런 것들은 그저 잠시 왔다 가는 것일 뿐입니다.

돈이 많다고 즐거움이 오래 지속되는 것도 아니고 명예나 권력이 있다고 해서 행복한 것은 아닙니다. 그러나 부모, 친구, 고향, 이런 것들은 좀 남루해도 함께 있으면 행복하고 따뜻해지는 것들입니다.

마음 잃지 않고만 살아가고 있다면 우리는 그 오랜 가치들을 쉽게 망각하고 살 수는 없을 겁니다. 돈과 명예와 권력에 마음을 빼앗게 되면, 우리 진정 소중한 것들을 잃고 살아가게 됩니다. 마음 빼앗기지 말고 살아야 합니다. 그것이 행복을 찾아가는 사람의 길입니다.

가난해도 따뜻하게 쪼들려도 넉넉하게 소중한 것들을 사랑하며 살아가야 합니다.

눈길을 걸으며
기쁨을 만납니다

눈이 쌓인 산길을 걷습니다. 눈빛 햇살의 축제입니다. 길을 걸으며 우리들 삶의 길도 이 눈 쌓인 산길 같으면 얼마나 좋을까. 싶은 생각이 듭니다. 입김을 호호 날리며 걸어가는 길. 앞선 사람도 뒤쳐진 사람도 모두 즐거워합니다. 이 눈 쌓인 산길 위에서는 앞도 뒤도 다 의미가 없습니다. 앞도 아름다운 자리이고, 뒤도 아름다운 자리일 뿐입니다.

우리를 그렇게 짓누르던 경쟁의 논리도, 이 눈 쌓인 산길 위에서는 한낱 거품에 지나지 않을 뿐입니다.

이 자리에서는 지위도, 나이도, 다 사소한 것이 되고 맙니다. 너무나 아름다운 배경 위에 내가 있고, 또 그대가 있음으로 우리는 그냥 행복할 뿐입니다.

이 눈길 위에서는 그대도 눈이 되고, 나도 눈이 되어 온통 동심의 기쁨을 만날 뿐입니다.

가끔 눈이 많이 쌓인 산길을 찾아가 눈빛 햇살들의 그 초롱한 속삭임에 몸을 묻어볼 일입니다. 그 순간 우리는 눈의 입자처럼 정결한 마음과 만나게 될 것입니다.

겨울 눈 쌓인 산길을 나는 언제나 마음에 담고 살아가고만 싶습니다.

나보다 잘난 사람들에게
박수칩니다

사돈이 땅을 사면 배가 아프다는 말이 있습니다. 어리석은 사람입니다. 그는 배 아픔으로 오랫동안 고생할 것이기 때문입니다.

사돈이 땅을 산다면 우리 기뻐해야 합니다. 낱알이라도 나누어 먹는 행운이 찾아올 수 있기 때문입니다. 설사, 낱알을 나누어 먹는 일이 오지 않더라도 최소한 내 것을 빼앗길 우려는 없기 때문입니다.

그러나 우리가 살아가는 사회는 언제나 우리를 배 아프게 합니다. 상대적 박탈감과 경쟁이 우리를 놓아주지 않습니다. 그래서 사람들은 더 많은 것들을 먹고 입고 쓰는데 경쟁적으로 투자합니다.

그러나 투자하고 투자해도 상대적인 박탈감은 벗어날 수가 없습니다. 그것은 세상을 잘 사는 방법이 아닙니다.

세상을 잘 사는 방법은 누군가 잘되면 그것을 함께 기뻐하는 겁니다. 세상 사람들이 모두 나보다 낫다면 그것은 좋은 세상이 된다는 의미이고 내가 큰 힘 들이지 않아도 좋은 세상에 살게 되었다는 것을 의미한다고 생각하십시오. 그러면 유쾌해지지 않겠습니까.

세상 사람들이 나보다 전부 못하다면 우리 사는 세상은 더 얼마나 힘든 세상이 되겠습니까. 나보다 잘 난 사람을 보고 기뻐하는 마음.

그 마음이 있을 때 우리 세상을 편안하고 유쾌하게 살아갈 수 있습니다.

추억은 노년을 비추는
아름다운 불빛입니다

　　　　　　　　노년의 외로움을 이기는 힘은
무엇일까? 노년을 슬픔이 아닌 행복으로 보내는 방법을 찾다 문
득 추억이라는 단어를 발견했습니다.

　아름다운 추억이 많다면 노년이 되어도 삶은 그다지 외롭지
않을거란 생각을 합니다.

　추억의 그리움에 우리 애틋한 미소를 지을 수는 있겠지만 그

래도 추억은 슬픔과 외로움의 자리는 넉넉히 채우고도 남을 것만 같습니다. 따지고 보면 살아가는 시간 시간을 아름답게 산다는 것은 정말 중요합니다.

추억은 삶의 시간들을 아름답게 살았다는 과거의 기록입니다. 삶이 더 이상 나아갈 길을 잃었을 때, 지나온 시간의 길들을 다시 걸어 보는 일은 정말 필요합니다. 그 길은 과거가 아름다웠으므로 미래 역시 아름다울거라는 사실을 일깨워줄 겁니다.

그 길을 걸으며 늙음에 대해서 우린 관대해질 수 있을지도 모르고, 저무는 삶의 시간을 향해 겸손하게 경배할 지도 모릅니다.

삶의 겸손한 순례자. 이것은 인생을 아름답게 살아온 사람들이 만나게 되는 삶의 모습이기도 합니다.

삶의 시간은 쉬지 않고 노년과 죽음을 향해 갑니다. 그 외롭고 고독한 시간의 행진에 추억은 작은 등불과도 같습니다.

그 빛을 따라가면 우린 또 다른 따뜻한 시간을 만날지도 모릅니다.

안으로
깊어지겠습니다

비가 옵니다. 마른 산에도 지금 비가 내리고 있을 겁니다. 비가 오기까지 나무들의 기다림을 생각해 봅니다.

언제나 비가 오려나 고개를 갸웃갸웃하던 나무들의 고개짓은 순하고 조용한 것이었습니다.

비가 내리기까지 뿌리를 더욱더 땅 속 깊이 내리는 나무들의

기다림을 보면서 기다림이 어떠해야 하는가를 봅니다.

안으로 안으로 조용히 조용히 더 깊어지는 것이 진정 기다리는 사람의 자세라는 것을 배웁니다.

우린 너무나 성급합니다. 어려운 시간이 오면 좋은 시간이 어서 오라고 소리치고 가난 속에 서 있으면 어서 부자가 되게 해달라고 애를 태우고는 합니다.

그러나 그것은 기다림의 자세가 아닙니다.

좋은 날들과 희망에 대한 확신을 가지고 있는 사람들은 조용히 기다립니다.

그것은 지금의 어려운 시간과 가난을 잘살아간다는 의미이기도 합니다.

떨어져 있어도 설사 지금의 삶이 너무 어렵다 하더라도, 진정 기다림의 미학을 아는 사람은 소리 내지 않습니다.

나무처럼 그렇게 조용히 안으로 깊어갈 뿐입니다.

나도 나무처럼 그렇게 시간의 언덕에 서 있기를 바랍니다.

소리는
형상보다 오래 보존됩니다

기차를 탔습니다. 그것도 이십
여 년 만에 중앙선 열차를. 차창에 몸을 기대고 나는 차창을 스
치며 지나가는 풍경들을 보았습니다.

풍경들은 옛날 어린시절 내 두 눈을 가득 채우던 그날의 풍경
들은 아니었습니다.

세월을 따라 풍경도 변한 것입니다. '산천은 의구한데 인걸은

간데 없다' 던 시조는 정말 옛말입니다. 산천도 인걸도 모두 변하고, 사라지고 없을 뿐입니다.

현대의 기술 문명은 그 어느 산천도 옛과 같이 남겨두지 않습니다.

내 눈 속에는 상실의 아쉬움이 고였습니다. 옛 풍경을 보고자 이십여 년 만에 기차를 탔건만 산천은 나를 기다려주지 않았습니다. 하지만 레일을 흘러가는 기차 바퀴 소리만은 옛과 다름이 없었습니다.

추억을 가득 몰고 오는 기차 가는 소리. 소리는 모습보다 더 오래 간다는 것을 알게 되었습니다.

형상이란 얼마나 부질없는 것인가요. 형상을 찾아떠난 내 여행은 어리석음이었다고 기차 바퀴 소리는 일깨워 주었습니다.

따뜻한
마음이 필요합니다

박수와 함성은 누군가에게 건
네는 따뜻한 마음입니다. 시린 세상 우리가 살아갈 수 있는 것
도 그 따뜻한 마음이 희망과 용기가 되기 때문입니다.

모두 다 마음의 문을 닫고 찬바람만 쌩쌩 내보낸다면 이 세상
에 꽃은 피지 않고 우리들 마음에 용기와 희망도 모두 사라지고
야 말 것입니다.

혼자만 사는 세상이라면 과연 그 무엇이 필요하겠습니까. 돈도 명예도 권력도 그 무엇도 다 절망의 이름을 벗어나지 못할 겁니다.

그 모든 것이 당신이 있어 의미가 있고 가치가 있는 것입니다. 그래서 우리는 모두 나누고 살아야 합니다.

돈도 명예도 권력도 절망의 이름을 벗기 위해서는 나눔의 도구가 되어야만 합니다.

우리 서로가 서로의 곁에 있다는 따뜻한 마음이 필요합니다. 그것은 사랑의 신호입니다.

누군가를 향해 박수와 함성을 보내십시오. 그러면 당신도 역시 박수와 환호 속에서 당신의 길을 가게 될 것입니다.

반응은
질곡입니다

우리는 자신 밖의 존재에 대해서 반응을 하거나, 감응을 하곤 합니다. 어떤 자극이 왔을 때 반응을 한다면 그는 과거의 자아를 지니고 사는 것이고 감응을 한다면 그는 현재를 살고 있다고 말할 수 있습니다.

반응은 이미 형성된 내가 자극에 대응하는 것이고 감응은 그 자극이 내게 자연스럽게 작용하도록 하는 것입니다. 반응은 과

거의 존재이고 감응은 존재가 본래 공하다는 사실을 체득한 사람의 자세입니다.

누군가 비난하고 칭찬할 때 분노하고 우쭐해한다면 그는 반응하는 존재이고, 누군가의 비난과 칭찬에 무심하다면, 그는 감응하는 존재입니다. 그러나 우리 대개는 반응하는 존재입니다.

우리는 다 내가 있다고 믿고 있기 때문입니다. 그래서 자존심도 질투도 성냄도 지니고 있습니다.

반응은 우리들 삶의 질곡이기도 합니다. 자유는 그 질곡이 없는 상태를 의미합니다. 경계에 무심한 도인들의 삶은 감응이었습니다. 그래서 그 삶의 향기가 오늘도 내게 남아 있습니다. 나는 반응하는가 아니면 감응하고 있는가? 눈이 내리는 이른 새벽에 나는 내게 묻고 또 묻습니다.

사랑이
부족합니다

'공부를 한다고 하지만 공부가
잘 되어 가는지 모르겠어.' 도반스님의 이 말이 참 아름답게 다
가옵니다. 그 말에는 자신의 인생에 대한 사랑이 배어있기 때문
입니다.

교만하지 않고, 그리고 쉽게 굴하지도 않는 한 수행자의 잔잔
한 진실을 읽을 수 있었습니다.

조금은 겸연쩍게 그리고 조금은 호탕하게 내뱉던 그 한 마디가 내 가슴에 별빛과도 같은 여운을 남겼습니다.

삶에 대해서 나는 벽 하나를 쌓고 살아갑니다. 그것은 건성과, 무관심과, 교만의 벽이기도 합니다.

때로 건성으로 때로 위선으로 살아가는 이 날들이 스님의 삶 앞에서는 많이 초라했습니다.

수행자에게 중요한 것은 진실입니다. 자기 자신의 삶을 얼만큼 더 사랑하느냐 하는 것이 중요합니다.

나는 내 삶을 얼마나 사랑하는가. 진실한 사람은, 자신의 생의 한 순간도 헛되어 보내지 않는다고 하는데 내겐 아직 내 삶을 향한 사랑이 부족합니다. 진실이 없는 것입니다.

진실은 생을 사랑하는 것이고 그것이 수행자의 모습이기도 합니다. 삶에 대한 예경없이 생명에 대한 사랑이 있을 수 없습니다. 수행자의 한 마디가 내게 화두가 됩니다. 내겐 사랑이 부족합니다. 그 사랑을 채우는 일이 내게는 수행의 이유가 됩니다.

나눔은
아름다운 마음자리입니다

사람이 산다는 것은 무엇일까
요. 거창한 종교적이고 철학적인 전제나 명제를 다 털고 나면
산다는 것은 결국 따뜻함이라고만 믿고 싶어집니다. 삶에서 따
뜻함을 뺀다면 과연 무엇이 남겠습니까.

혹자는 말할는지도 모릅니다. 안주를 꿈꾸는 나약한 소리라고.

그러나 그렇진 않습니다.

따뜻함이란 나눌 때 비로소 생기는 것이기 때문입니다. 나누지 않는다면 삶은 결코 따뜻한 온기를 지닐 수가 없습니다.

내가 가진 것을 남에게 나누어 주고 그 나눔으로 행복해 하는 사람이 많은 사회가 진정 따뜻한 사회입니다. 누구나 자기 것을 남에게 주기란 쉽지 않습니다.

이 어려운 일을 하기에 우리는 나눔을 아름다움이라고 말합니다.

생로병사와 같은 근본적인 고통들은 어쩔 수 없는 것이지만 우린 이 근본적인 고통 속에서도 나눌 수 있다면 삶은 그래도 따뜻한 것으로 우리 곁에 남을 수가 있습니다.

삶을 죽음에게 나눌 수 있고, 건강을 병마에게도 나눌 수 있는 마음이 있다면 그 마음자리는 얼마나 아름답겠습니까.

많은 것을 잃어도 그냥 나누었다고 생각할 수 있다면, 상심의 차가움으로 우는 사람이 아니라 나눔의 따뜻함으로 미소지을 수 있는 사람입니다.

삶은 따뜻함입니다. 그것은 우리가 나눌 수 있는 존재이기 때문입니다.

우리가 그런 존재이기를 기도합니다.

관심은
사랑의 시작입니다

어느 날 방 안에 화초가 시들어 있는 것을 보았습니다. 그냥 이리저리 왔다 갔다 하면서 방 안의 화초에게는 눈길을 주지 않았던 것입니다. 무관심으로 화초는 물 한 모금 먹지 못하고 말라 버린 것입니다.

무관심은 사랑 없음의 또 다른 표현입니다. 그러고보면 관심은 사랑의 시작입니다. 그리고 관심은 또한 창조적인 삶의 시작이기도 합니다.

무관심하면 답습하게 되고 관심이 있다면 창조적인 삶을 살게 됩니다.

무관심은 또한 자신을 이기적인 상태로 방치하게 합니다. 그러나 관심은 이기적인 자신을 벗어나는 첫 걸음이기도 합니다. 삶을 창조적으로 산다는 것은 관심을 가지는 일입니다.

관심이 있을 때 비로소 상대의 아픔에 눈을 뜨게 되고 실천하게 됩니다.

화초의 고사를 나는 알지 못했습니다. 관심이 없었기 때문입니다.

오늘 아침 나는 내 무관심한 삶의 자세를 반성합니다. 무관심이 폭력일 수 있다는 사실을 깊이 되새겨 봅니다.

대화는
학습의 기회입니다

사람들은 언제나 자기 입장에서 이야기합니다. 그러나 대화는 상대를 전제로 한 것입니다.

내가 좋은 느낌으로 말했다 해도 상대가 불쾌하게 생각한다면 그것은 나의 잘못입니다. 내가 원인을 제공했기 때문입니다.

상대를 탓할 일이 아닙니다. 그러나 우리는 상대를 탓합니다.

나는 언제나 올바르다고 생각하는 것이 대개 우리들의 태도입니다.

이런 자세를 가만히 살펴보면 굉장히 오만한 것이기도 합니다. 이 오만한 자세에는 소통이 불가능한 것이 되어버립니다.

자신은 언제나 올바른데 상대가 틀렸다는 전제를 가지고 있기 때문입니다. 그것은 어쩌면 '다름'에 대한 오해일 수도 있습니다.

우리들 입장이나 관점은, 언제나 타당하고 올바른 것은 아닙니다. 언쟁이 시작되면 언쟁을 멈추고 경청하는 것이 필요합니다. 대화가 중요한 것은 대화를 통해 배울 수 있기 때문입니다. 대화를 할 때 자신을 학생으로 상대를 선생으로 한 번 설정해 보십시오. 그러면 우린 진정 대화를 통해 많은 것을 배울 수 있을 겁니다. 대화는 학습의 소중한 기회입니다. 그것은 마음까지도 다스리는 기회를 제공합니다.

세상의 모든 아버지, 힘내세요

비가 내립니다. 어두운 하늘에 후두둑, 후두둑, 빗방울이 떨어집니다.

그 빗소리에 지붕 위 기와가 웁니다. 겨울비 내리는 날 기와가 깊은 저음으로 눈물을 삼킵니다.

겨울비는 언제나 길을 떠나는 사람의 뒷모습과 닮아 있습니다. 왜소하고 초라한 그 뒷모습의 쓸쓸함을 겨울비는 닮아 있습

니다.

겨울비 소리를 들으며 아버지의 모습을 떠 올립니다.

먹을 것이 곤궁해 담배를 피다 친척집으로 쌀을 꾸러가던 아버지의 뒷모습.

쌀을 꾸어 오지도 못하던 날 세상 인심이 야박하다고 하시던 그 물기에 젖은 낮은 음성들. 아버지의 삶은 그렇게 겨울비 같았습니다.

이제 많은 아버지들이 겨울비처럼 그렇게 우리에게 다가서고 있습니다. 실직하고 경제적인 어려움에 겨울비처럼 다가설 우리들의 아버지들을 따뜻하게 맞아야 합니다.

경제와 삶으로부터 소외되는 그 아버지들의 발자국 소리가 겨울비처럼 다가옵니다.

세상의 모든 아버지들을 위하여 우리 어깨를 내주어야 합니다. 그리고 그 어깨의 짐들을 하나하나 받아 주어야만 합니다.

우리는
이겨낼 수 있습니다

마음이 무너져 내릴 때 나는 내
게 말합니다. '이겨내자, 이겨낼 수 있어.' 라고.

마음이 무너져 아파할 때 나는 다시 내게 말합니다.

'괜찮아, 곧 괜찮아 질거야.' 라고.

삶이 어디 아픔이 없이 삶이겠습니까. 살아있으므로 아프다면
이 아픔 역시 삶일 수밖에 없습니다.

내 마음을 내 스스로 위로하고 치유하며 사는 것이 또한 인생이기도 합니다.

인생은 내게 많은 것을 가르쳐 주었습니다.

이별의 아픔을 치유하는 법을 가르쳐 주었고 고독한 날들을 살아가는 법도 가르쳐 주었습니다.

인생은 내게 위대한 스승입니다. 스승의 말은 언제나 마음을 보라는 것이었습니다.

마음을 관조하는 순간 자유로워진다는 그 말씀을 나는 오늘도 듣습니다.

마음을 스스로 살피는 것이 곧 길을 찾는 것이고 또한 평화를 만나는 길입니다.

지금 나는 가만히 산길을 걷습니다. 그리고 어두운 밤 하늘에 피어난 별꽃들을 봅니다.

아픔까지도 인생의 아름다운 가르침이라고 별꽃들이 내 마음에 내려 말하고 있는 것만 같았습니다.

별꽃을 바라보며 나는 마음의 소리를 듣습니다.

삶이 춥다고
말하지 마십시오

　　　　　　뺨이 어는 것 같은 찬바람을 만
났습니다. 문득 겨울이 선명하게 다가왔습니다.

추위는 내 기억 깊은 곳에 묻어있는 추억들을 일깨워줍니다.
추위에 선명하게 깨어나는 그 맑은 추억들의 향연. 거울에 비추
듯 명징하게 다가오는 추억들을 향해 일일이 미소지으며 손을
내밉니다.

고마웠던 사람들 따뜻했던 시간들 내 생애의 그림들이 저렇게 아름다웠나 싶어 그 풍경들을 보고 또 봅니다.

추위 속에도 그 삶의 풍경들이 있어 오히려 따뜻합니다.

난로와 같은 시간의 풍경들이 내 가슴에 따뜻함을 남깁니다. 삶이 춥다고 말하지 마십시오. 그 시린 삶 속에서도 찬찬히 찾아보면 따뜻한 삶의 풍경들이 난로처럼 자리하고 있을 테니까요.

몸은 추워도 마음에 따뜻한 온기를 지니고 살아야 합니다. 그 마음의 온도가 우리를 사람이게 합니다. 가난에 모든 것을 빼앗기는 것은 스스로 사람이기를 포기하는 일입니다. 사람이 사람인 것은 마음의 온도에 있습니다. 추억과 착함과 순함 그리고 받아들임으로 그대 마음은 따뜻합니다. 그 마음의 온도가 있어 그대는 아름다운 사람입니다.

삶은 언제나 살만한 것이라는 믿음을 함께 나누고 싶습니다.

흔들릴 때마다
별을 바라보십시오

        밤 하늘의 별은 흔들리기에 더욱더 빛이 납니다. 흔들리지 않는다면 별은 어쩌면 그렇게 빛나지 않을는지도 모릅니다.

  우리들의 삶이 흔들릴 때마다 빛나는 별을 바라보십시오. 그러면 흔들리는 우리들의 삶도 스스로 빛을 발하고, 그 빛은 또한 누군가의 삶을 비추는 빛이 되기도 한다는 것을 알 수가 있

습니다.

우린 서로가 서로에게 빛으로 존재하고 있습니다. 서로 함께 하고 있다는 것만으로도 우리는 서로에게 빛이 됩니다.

흔들린다고 내 안에서 반짝이는 빛을 잃어서는 안 됩니다.

흔들릴 때 내 안에 빛은 더욱더 선명하게 반짝인다는 것을 기억하십시오.

하늘의 별은 우리들에게 눈부시게 반짝이는 빛이 있다는 것을 일깨워줍니다.

오늘 우리 흔들릴 수 있습니다. 그때마다 우리들의 빛을 길 삼아 앞으로 나아가는 걸음을 정성스럽게 옮겨볼 일입니다.

길 앞에서
참회합니다

이제 올 한 해도 한 걸음 남았
습니다. 시간을 걸어오던 발걸음을 문득 멈춥니다.

이제 한 걸음을 더 내디디면 또 다른 시간의 언덕을 향해 건너
뛰어야만 합니다.

고개 돌려 내가 걸어온 발걸음을 돌아 봅니다. 나의 발걸음은
정연하지가 않았습니다.

나의 발걸음은 때로는 산야에 때로는 도시에 어지럽게 찍혀 있었습니다

그리고 어떤 때는 욕탐에 깊이 빠져 있었고, 어떤 때는 참회에 발목을 깊이 묻은 적도 있었습니다.

앞선 내 발걸음이 누군가의 길이 되기에는 너무 어지러웠습니다.

누군가의 길이 되는 발걸음이란, 한결같고 고요하고 평화로워 야만 가능하다는 것을 내 발걸음을 뒤돌아보고서야 비로소 깨 닫습니다.

나의 발걸음은 고요와 평화를 너무 자주 이탈했습니다.

이제 나의 발걸음이 어떠해야 하는가를 봅니다.

어지러운 발자국 산만하게 남긴 죄를 세상의 모든 길 앞에서 참회합니다.

그리고 세상의 길을 어지럽히는 이 커다란 죄를 다시는 짓지 않겠다고 발원합니다.

그리운 것들을 향해
마음을 모읍시다

사랑해도 시간은 갑니다. 그러
나 사랑하는 마음은 떠나지 않습니다.

내 곁에 있다가 떠난 많은 사람들을 나는 오늘도 사랑이라는
이름으로 추억의 무대에서 만납니다.

그들의 모습만 없을 뿐 그들의 미소와 마음과 표정들은 너무
도 생생하게 떠오릅니다.

우리는 육신의 생멸을 생사라고 하지만 육신은 그냥 인연이 모였다 흩어지는 것일 뿐입니다.

사라져 가는 모든 것들을 향해 슬픔을 내보이기 보다는, 그냥 따뜻한 마음으로 또 만나자는 전송의 말을 건네고만 싶습니다.

올 한 해도 오늘을 끝으로 갑니다.

시간은 오고 가지만 내 마음은 오고 가지 않습니다.

내 마음의 사랑도, 사랑하는 사람들에 대한 기억도 그리고 언제나 시간 앞에 최선을 다하겠다는 나의 발원도 내 심중에 뜨겁게 자리하고 있습니다.

이 기억과 발원은 시간보다도 강하게 내게 남아 있을 겁니다.

오늘 한 해를 보내며 나는 손을 모읍니다.

그리고 사랑과 감사의 마음을 아득한 기억 저편까지 보냅니다.

버릴 것은 버리고
채울 것은 채워야 합니다

안녕. 시간을 향해 말합니다. 안녕. 그리고 내 자신을 향해 말합니다. 살다보면 이별 해야 할 것들이 많이 있습니다. 분노, 질투, 집착, 패배의식. 이 모든 것들은 이별해야만 하는 것들입니다.

나는 이 모든 것들을 향해 '안녕'이라고 말합니다. 그리고 내 마음속에는 희망, 사랑, 나눔, 이해 이런 것들을 담습니다. 시간

을 보내고 맞는 것은 버리고 담는 작업입니다. 버릴 것은 버리고, 채울 것은 채우는 이 일이 우리들의 수행의 의미입니다. 수행은 언제나 마음을 보는 일이고 행위를 고쳐가는 일입니다. 그 사람의 행하는 바를 보면, 그 사람의 수행의 정도를 알 수 있다고 했습니다.

오늘 내 삶의 시간에는 이 말씀이 척도로 자리하고 있습니다. 이 말씀은 또한 거울이 되어 나를 비추고 있습니다.

한 해의 수행을 모두 내놓고 보면 나는 부끄럽습니다. 너무 많이 분노했고 너무 많이 인색했고 너무 많이 질투했습니다.

시간 앞에 이 참회문을 올리며 내 한 해를 참회합니다. 그리고 다가오는 새해에는 거울에 비친 내 모습이 환한 웃음이기를 기대합니다.

그림 이영철

계명대학교 대학원 회화과를 졸업했으며, 서양화를 전공했다. 개인전을
14차례 열었으며 국내외 단체전을 150여 차례 가졌다. 여러 출판사들의
표지 본문 삽화를 그렸으며 탁월한 상상력과 풍부한 색감의 그림으로 독
자들과 자주 만나고 있다.
grim-si@hanmail.net

지금 여기에서 감사하라

1쇄 발행일 | 2009년 3월 30일

지은이 | 성전
펴낸이 | 정화숙
펴낸곳 | 개미

출판등록 | 제1999-3호 1992. 6. 11
주소 | (121-736) 서울시 마포구 마포동 136-1 한신빌딩 1412호
전화 | (02)704-2546, 704-2235
팩스 | (02)714-2365
E-mail | lily12140@hanmail.net
ⓒ성전, 2009

값 15,000원

ISBN 978-89-87038-91-9 03810